Alvin
Cocolu

マイナススキル持ち
四人が集まったら、
なんかシナジー発揮して
最強パーティー
ができた件
Synergy effect of 【Minus Skill】4
Melin
Teto
Illustration : Shi

マイナススキル持ち
四人が集まったら、
なんかシナジー発揮して
最強パーティー
ができた件
Synergy effect of 【Minus Skill】4
小鈴危一
Kiichi Kosuzu
ill しらび
Shirabii

Contents

【ドロップ率減少・特】

Drop rate reduction

「アルヴィン。悪いが、君にはパーティーを抜けてもらいたいんだ」

酒場の壁際に設(しつら)えられた、二人がけの席にて。

真向かいに座る、パーティーリーダーである魔導士の男が言った台詞(せりふ)に、俺の酔いは一気に醒(さ)めた。

「は……はぁ？」

「実はもう、君の代わりの剣士は見つけてある。明日から来なくていい」

「い、いや待てよ」

動揺を深呼吸で抑え、努めて冷静に話そうとする。

「なぜだ？　俺はこのパーティーに最も貢献していたはずだ。レベルは一番高いうえに、スキル数だって誰よりも多い。最大の戦力だったじゃないか」

「アルヴィン……」

「六層近辺でうだうだしていたお前らが、今や二十層にまで潜れるようになったのも、俺が深層で一人一人のパワーレベリングに付き合ってやったおかげだろう！　なのになぜっ！」

「いい加減にしてくれっ！」

魔導士の男は突然叫んだ。

そして、大きく溜息(ためいき)をつく。

「アルヴィン……君だって察しがついているはずだろう」

「っ……」

「わからないか？　なら自分のステータスを開いて見ろ。さあ、開け。ほら！」

俺は表情を歪めながら、左手の指を振った。

宙空に現れた半透明のステータス画面を、魔導士の男が指さす。

「スキル欄を見てみろ。何がある？　君が生まれ持った数々の強力なスキルの、その一番下にはなんて書いてあるんだ」

リーダーに言われずとも、俺の視線は自然とそこに飛んでいた。

七つものスキルが並ぶリスト。

【剣術】【筋力上昇・大】【敏捷性上昇・中】など……そのほとんどが、俺の職種である剣士にとっては有用なものばかりだ。

だが――――リストの一番下。

それら恵まれた才能の代償とも言うべき呪いのスキルが、そこに記されていた。

【ドロップ率減少・特】。

「君がどれだけモンスターを倒しても、アイテムがほとんどドロップしない」

魔導士の男が眼鏡を直しながら、うんざりしたように言う。

「ダンジョンの深い階層に潜っても、うまみが少ないんだ。赤字になることすらある」

「お、俺がいなければ、お前らはそもそも深層に潜ることすらできなかっただろうが！　それに赤字になったのは、パーティーの平均レベルに合わない階層にまで潜って、俺の負担が増していた証拠だ。俺は止めたのにお前が聞き入れなかったからっ……」

「そうだね。だからもう、僕らは君に頼らず、自分たちのレベルに合わせた冒険をするよ。そう、十五層あたりでね」

「……は、十五層だと？」

俺は思わず失笑を漏らす。

「ついこの間まで浅層冒険者だったお前らが？　笑わせんな」

「なぜだい？」

「冒険者（プレイヤー）スキルがまるで足りてない。俺抜きでそんな層に潜っていたら、そのうち痛い目見るぞ」

「レベル帯としては適正なはずだけど」

「レベル帯だけはな。で？　自分たちが十分強くなったら、レベル上げ担当でマイナススキル持ちの俺はお払い箱ということか？」

「……パーティーメンバーの総意だ。受け入れてくれ」

「そうかよ」

俺は脱力し、背もたれにぐったりともたれかかる。

もう、考えるのも嫌だった。

魔導士の男は、テーブルに金貨を一枚置くと席を立つ。

「ここの支払いだ。釣りは取っておいてくれ。僕からの、せめてもの餞別代わりだ」

「……手切れ金の間違いだろ」

俺の言葉に、背を向けかけていた魔導士の男が振り返り、眼鏡をくいと上げる。

「……君のことは、正直好きになれなかったな。腐っていて恩着せがましい。境遇に同情はするけれど、その性格は直した方がいいよ。もっとも、直したところで次のパーティーを見つけるのは難しいと思うけどね」

俺は反射的に金貨を摑み、去って行く男の背に投げつけようとして……やめた。

舌打ちと共にぬるい酒をあおる。

……結局、またこうなるのか。

次のパーティーを見つけるのが難しいだ？　そんなの俺が一番よくわかってる。

【ドロップ率減少・特】などという、特大のマイナススキルを抱えながら、これまで冒険者をやってきたんだから。

＊＊

窓の外では、雨が降っていた。

俺は逗留している宿のベッドに横たわりながら、自分のステータス画面をぼんやりと眺める。

【43】というレベルに、STR（筋力）、AGI（敏捷）といった各種パラメーター。そして——スキル。

俺は溜息をついた。

厄介な代物だ。こいつのせいで、俺が今までどれだけ苦労してきたか。スキルなんてもの……いやステータス自体、存在しなければよかったのに。

大昔の賢者が突き止めたところによると、この世界は箱庭（シミュレーション）らしい。

ステータスなんてものがあるのは、この世界が箱庭だから。

モンスターを倒すとアイテムがドロップするのは、この世界が箱庭だから。

時々こうやって静かな雨が降るのも、この世界が箱庭だから。

人が泣いたり笑ったりするのも、この世界が箱庭だからというわけだ。

俺はステータス画面を消し、溜息をついた。

だからなんだ。どうでもいい。

この世界が箱庭（シミュレーション）だろうとなかろうと、目の前の現実は変わらない。

世界の真実を気にかける冒険者なんて聞いたことがないし、俺もそうだった。

重要なのは、目下の悩み事だけだ。

「腹減ったな……」

一人虚ろ（うつ）に呟い（つぶや）た。箱庭（シミュレーション）だろうと腹は減る。ただ今は、何かを口に入れる気力も湧かない。

パーティーを追い出されるのは、これで何度目だろう。

はっきり言って、俺は強い。【43】というレベルは、普通の冒険者なら引退を考え出す頃にようやくたどり着ける水準だ。そのうえ【筋力上昇・大】【敏捷性上昇・中】のようなパラメーター上昇系スキルのおかげで、実際にはレベル以上の数値を持っている。ダンジョンの深層にだってソロでも潜れる。自分で言うのもなんだが、剣士としてはこれ以上望むべくもない人材だろう。

本来なら、前衛として引く手あまただったはずだ――【ドロップ率減少・特】という、特大のマイナススキルさえ持っていなければ。

そう、スキルだ。

俺は生まれながらに、七つものスキルを持っていた。

普通の冒険者ならせいぜい二つか三つ。ゼロという者も少なくない中で、これは破格だった。どうやら世の中には、このようなスキルに恵まれた者がたまに現れるらしい。

ただ……まるで帳尻を合わせるかのように、そういった人間は必ず、他の者には見られない特殊なスキルを持っていた。

それが、マイナススキルだ。

マイナススキルとは何か、説明するのは簡単だ。デメリットのあるスキル、と言えばいい。

【筋力減少】のようなパラメーター減少系は珍しくない。

【不器用】のような特定技術の成功率を下げるものもある。

【経験値減少】や【レベル上限】のようなマイナススキル持ちは、たいてい冒険者になどならず、畑を耕すか職人や商人に弟子入りするのが常だった。

俺の【ドロップ率減少・特】も、本来はそういったスキルだ。

冒険者は強ければいいわけでなく、それで生計を立てる必要がある。【ドロップ率上昇】【金運】スキル持ちや、帳簿計算の得意な者がどのパーティーでもありがたがられるのは、それが理由だ。

その観点からいくと、俺はもう疫病神のような存在だった。

なんと言っても、俺がモンスターをキルした場合、アイテムやコインのドロップ率が八割も減少してしまう。

なるべく仲間に倒してもらうにしても限界がある。数が多かったり、レベルが高かったりすると、手加減していられる余裕は当然ない。危険な群れに遭遇し、パーティーを守るため必死に殲滅したと思ったら、終わってからドロップの少なさにがっかりされたこともあった。

パーティーを追い出されるのも、理屈の上では仕方ないことだと納得できていた。

しかし、だからといって今さら冒険者をやめるつもりはない。

もうこの道で生きていくと決めたのだ。

「はあ……」

ステータスなんてもの、なければよかったのにと思う。

すべてが努力で決まる世界だったなら、どれだけよかっただろう。

十四で冒険者になってから、五年。ほとんどソロでここまでレベルを上げた俺は、誰よりも努力してきた自負があった。

無論、無茶なレベリングで死なずに済んだ幸運も大きかっただろうが、俺は【幸運】のスキルは持っていない。

冗談はともかくとして、このまま腐っていても仕方がない。

いい加減、この状況を打開しなければ。

「やっぱり、これしかないか……」

ベッド脇の卓から、一枚の紙を手に取る。

その打開の手立てが、一応あるにはあった。

紙には俺の字で、メモが走り書きされている。冒険者ギルドの掲示板から書き写したそれは、最近見つかったダンジョンの情報だった。

ダンジョンは、消えることもあれば新しく生まれることもある。

多くの冒険者が普段生活の糧を得るような大型ダンジョンはともかく、小規模のダンジョンはこの近くの地域に限ってもたびたび生まれ、ボスモンスターを倒されては消滅していた。

これは、そんな小規模ダンジョンの一つだ。

このダンジョンには、ある気になる噂があった。

なんでも、そのボスモンスターがドロップするアイテムの中には――――持っているスキルを、消すものがあるという。

ダンジョンでは壁や宝箱に入った紙片などに、回りくどい形で攻略のヒントが記されていることがある。そういった思わせぶりな原典（フレーバー・テキスト）の中に、どうやらそう解釈できる記述があるようなのだ。

それが判明してから、そのダンジョンを攻略しようとするパーティーは激減した。

ご丁寧にもヒントとして書かれているくらいだから、そのアイテムがメインのドロップになるのは間違いない。しかし……わざわざ自分のスキルを消したい者なんていない。

俺のような、マイナススキル持ちを除いては。

出現するモンスターに珍しいものはなく、ボスドロップもどのくらいの値がつくかわからない代物だけに、今ではもうそのダンジョンに潜るパーティーはほとんどいなくなっていた。

だから、誰かがボスを倒し、そのアイテムを市場へ売りに出すことも期待できない。

自分でやるしかない。

パーティーを組めない以上、一人（ソロ）で。

ほとんど無謀だということはわかっている。いくら俺のレベルが高く、ダンジョンの規模も大きくないとはいえ、ソロでボスに挑もうなど正気の沙汰じゃない。

しかし――――俺がこの先も冒険者として生きていくには、もうこれしかなかった。

いや、むしろ千載一遇（せんざいいちぐう）の好機とも言える。誰かに攻略されてしまえば、こんなチャンスはもう二度と巡って来ないだろう。

俺は少し迷って、ベッドから起き上がった。

――冒険に行く前には、ポーションや食糧を買い込んでおかなければ。

＊＊

数日後。

明け方まで降っていた雨があがり、空に虹が懸かったその日。俺は件のダンジョンの前に立っていた。

山肌に開いた巨大な穴。

地下へ続くその入り口は、幾何学的な模様の石材で囲われている。無論人工物ではなく、ダンジョンが生まれる際に、どういうわけか自然にできるものだ。

「……」

周囲を見回すが、誰もいない。

人気のある大きなダンジョンならば、入り口付近にはポーションや食糧、装備を売る露店が並び、客引きやたむろする冒険者たちの声でうるさいくらいなのだが、ここは静かなものだ。そういえば、来る時も誰ともすれ違わなかった。

典型的な、過疎ダンジョンの光景。

「……まあ、別にいいんだけどな」

俺はダンジョンへ一歩踏み出す。

すでに準備は整えている。今さら買う物もない。むしろ、ライバルがいない方が好都合だ。

入り口をくぐると――――すぐに、体が軽くなったかのような感覚を覚えた。

パラメーターやスキル、魔法といったものは、ダンジョンに入って初めて意味をなす。

どれだけレベルの高い冒険者であっても、ダンジョンの外ではただの人と変わらない。身の丈を超えるようなモンスターを倒せる伝説の魔導士が、森ではただの狼に喰われる。状態異常への完全耐性スキルを持っていた聖女が、うっかり毒キノコを食べて死んだ話は有名だった。

経験を積んだ冒険者ほど、ダンジョンこそが自分の居場所だと思うようになるという。

マイナススキルのせいでダンジョンにあまりいい思い出がない自分ですら、時折そう感じるくらいだ。

冒険者というのは、一度始めてしまえばなかなか辞められないものなのだろう。

と……そんなことを考えていた時。ふと横の壁に、何かが書かれていることに気づいた。

字が薄くて見にくいが、角度を変えつつなんとか読んでみる。


〝老人は答えた。〟

〝「然り。この肉体は衰え、聖剣は錆び付き、魔の術を行使する心力も枯れ果てた。しかし、我がは、未だ　　　　　　　　」〟

〝――――落日洞穴〟

「……ははあ」

俺は文面の正体に思い至る。

どうやら、これは思わせぶりな原典らしい。

ダンジョンには必ず、こんな意味ありげな文章がいくつも残されている。ある程度攻略され、情報が出回ればほとんど無視されてしまう代物だが、中にはボスや仕掛け、出現モンスターの情報や、隠し部屋に安全地帯の位置といった重要なヒントが書かれているものもある。ダンジョンを最初に攻略する冒険者にとっては、宝よりも貴重なものだ。

ただこれは、そういったものではなさそうだった。

一部が掠れて読めないが、単なるダンジョンの紹介文だろう。

「落日洞穴、ね」

それがこのダンジョンの名前だ。ステータスにある現在地欄にも、その名称が表示されている。

どういう意味だろう？

大氷窟や霊骨回廊など、ダンジョンの名前はその特色を表していることが多いが、これはよくわからない。

落日……斜陽……衰え…………？

「……ダメだな」

やはりわからない。

俺は考えるのをやめて、ダンジョンの奥へと歩みを進めることにした。

洞穴の中は、光が差し込まないため、当然真っ暗闇だ。

ただそれでも、普通の洞穴とは違い、なぜか視界が利かなくなることはない。

【ドロップ率減少・特】

このスキルの所持者がモンスターをキルした際、
アイテムドロップ率が80%減少する。

Drop rate
reduction

【首級の簒奪者】

Head hunting stealer

俺は剣を振り下ろす。

最後に残ったＨＰも削り取られ、パラライズスライムはエフェクトと共に、その黄色い体を四散させた。

「ふう」

一つ息をつく。

俺は早くも、ここ落日洞穴の十七層にまで到達していた。

十層までの浅層とは違い、ここらはダンジョンの中層と言われる地点だ。出現するモンスターもそれなりに強力になってくるので、たとえしっかりパーティーを組んでいても初心者には危険な階層となっている。

まあだが、レベル【43】の俺にはまだまだ余裕だ。ソロでも全然問題ない。

ただ……、

「……はあ」

地面を見て、俺は落胆の溜息をつく。

飛び散ったモンスターの体はすでに消えているが、そこには何も残っていない。

案の定、何もドロップしなかった。普通なら、ハズレでもコインくらいは落とすはずなのに……。

もちろんこんなのはいつものことだ。冒険者になってからずっとこうだった。

それでも、つい最近までパーティーメンバーが倒したモンスターがごっそりアイテムを落とすのを間近で見ていたせいか、気が滅入った。

やはり【ドロップ率減少・特】のスキルは最悪だ。

これまで俺を追い出してきた奴らの気持ちが、あらためてよくわかった。こんなの見せられたらそりゃうんざりもする。

ただ幸い、ボスや固定モンスターのドロップには影響しないので、このダンジョンに希望を持てていた。

なんとしてもボスを倒し、スキルを消すというアイテムを手に入れなければ。

しかしそれはそれとして、俺は思う。

「なんだか、変なダンジョンだな」

浅層では普通にスライムやスケルトンが出てきたが、中層に来た途端レッサーサラマンドラやヒートスライムなどの火属性モンスターが出てくるようになった。

だからてっきり火属性メインのダンジョンなのかと思いきや、ここにきてエレキスパイダーやパラライズスライムのような状態異常系のモンスターが続いている。いったいどういうダンジョンなのかわからない。

まあ、こういうテーマ不明のダンジョンもたまにあるらしいが。

気を取り直して歩みを再開した――――その時。

「――――きゃあああああっ!!」

悲鳴が聞こえた。

俺は反射的に足を止め、すぐにステータス画面を開く。マッピング済みのエリアと声の方向から当たりを付け、駆け出す。

ここは中層も半ば付近で、しかも状態異常系のモンスターが多く出る場所だ。

もしかしたら危機に陥っているパーティーがいるのかもしれない。

次第に戦闘音や、モンスターの鳴き声が大きくなってくる。

そして、俺は見つけた。

大量のゴブリンが群れとなっている。あの黄色がかった皮膚は、麻痺(まひ)の短剣を装備するイエローゴブリンだろう。後方には、弓矢を装備したイエローゴブリン・アーチャーの姿もあった。

そして、ゴブリンの群れ相手に聖職者用のメイスを振るっているのは……一人の少女。

装備からして、職種(ジョブ)は神官のようだ。

パーティーメンバーらしき者の姿はなく、一人。

少女は必死の表情でメイスを振るうも、群れに押されるようにして徐々に後退している。その肩には、すでに一本の麻痺矢が突き立っていた。

俺は即座に地を蹴り、少女へ迫っていたゴブリンへと横撃する。

水平に薙(な)いだ剣に切り裂かれた二体が、すでにＨＰを減らしていたのか、ただの一撃で四散した。

少女を背後に、ゴブリンの群れへ目を向けながら、俺は叫ぶ。

「あんた大丈夫か！　ＭＰはまだ残ってるか!?」

「えっ！　ああ、は、はい！」

「自分を回復してろ！　壁は俺が務める！」

言いながら、肉薄していたゴブリンの首を刺し貫き、消滅させる。

このくらいのモンスターなら、弱点部位を突ければ満タンのＨＰからでも一撃で倒せる。

飛んできた麻痺矢を、【剣術】スキルの一つ〝パリィ〟で逸(そ)らす。

一体の首を飛ばしつつ、迫る一体を蹴り抜く。盾を構える一体は、【剣術】スキルの一つ〝斬鉄〟で盾ごと二つに断ち割った。

そうして俺は、たった一人でイエローゴブリンの群れを殲滅していく。

これくらい余裕だ。元ソロガチ勢をなめるなよ。

「あと二匹、と」

最後の二体は、同時にかかってきた。

ＨＰの減っていた一体を難なく倒す。だがその隙に、もう一体は俺を避けるように横を抜けていた。

俺は振り返って叫ぶ。

「一匹そっちに行ったぞ!!」

俺が見た時、少女はすでに、自身のメイスを振り上げていた。

そしてそれを、迫るイエローゴブリンの、最後の一体へと振り下ろす。

「えいっ！」

メイスは見事にゴブリンの脳天を捉（とら）え、その体を一撃で四散させた。

エフェクトの中、ゴブリンがドロップしたアイテムの前で、少女は困ったように笑う。

「あは。えっと……倒せた、みたいです」

＊＊

その後、俺たちはマップを頼りに安全地帯（セーフポイント）まで戻り、そこで一旦休むことにした。

小さな泉が湧くこの場所には、モンスターが近寄らない。

ダンジョンには、どこもそういう場所があった。

「ありがとうございます。ありがとうございます」

少女がぺこぺこと、頭を下げながらお礼を言ってくる。

麻痺矢はモンスターが倒されたと同時に消え去り、ＨＰも自身の治癒魔法ですでに全快したようだった。

俺は手を振って答える。

「いいって。冒険者なら困った時はお互い様だ」

「はい。あのでも、助かりました。あっ、わたしココルって言います。神官です」

「俺はアルヴィン。見ての通り剣士だ」

そこで、俺は一つ、気になっていたことを恐る恐る訊(たず)ねる。

「でも、どうして神官があんな場所に一人でいたんだ？　その、もしかして……」

「えっ？　ああいえ！　違います、パーティーが崩壊したとかではなくて……わたし、最初から一人で来たんです。ソロです」

「そうだったのか。ならよかった」

俺は安堵の息を吐く。

ダンジョンで冒険者が命を落とすことは、珍しくない。

モンスターにどんな攻撃を受けても、基本的に体が傷つくことはない。痛みや衝撃はあるし、転倒すれば怪我をするかもしれないが、それがなければただＨＰが減るだけだ。

ただし――ＨＰがゼロになれば死ぬ。

そして死人は、どんな治癒魔法やアイテムでも生き返らない。

それがダンジョンの、冒険者たちのルールだった。

俺は言う。

「安心したよ。回復職(ヒーラー)が一人だけだったから、てっきり」

「あはは……」

「でも……あんた、本当にソロでこんなところまで来たのか？」

俺はココルを見る。

聖職者風の装身具に、水色の髪を垂らした、ともすれば庇護欲をそそりそうなあどけない顔立ち。

「うーん……」

いかにも神官といった風情だ。

派生職で聖騎士や僧兵というのもあるが、目の前の少女が戦闘職だとはとても思えない。この階層まで無事にたどり着けたことすら驚きだった。

他人の冒険についてとやかく言うのはマナー違反だが、それでも言わずにはいられない。

「大きなお世話かもしれないが……無謀じゃないか？　神官のソロなんて聞いたことないぞ。しかも浅層ならともかく、こんな中層になんて……」

「あはは……わたしも、誰かと来られたらよかったんですけど……パーティーを組んでくれそうな人が見つからなくて」

自嘲するように言ったココルに、俺は眉をひそめる。

「神官なのにか？」

普通、神官のような回復職（ヒーラー）はパーティーに必須だ。これが欠けると事故率が跳ね上がる。だからたとえレベルが低くとも、相応のパーティーに必ず居場所があると思うのだが。

「へへ、その、実はわたし……いえ、見てもらった方が早いですね……」

そう言うと、ココルは自分のステータスを開いて……それを見せようと、俺の側へぐいと寄ってきた。

パーティーを組んでいない以上、こうしないと自分のステータスを見せられないので当然なのだが……あまりにいきなりで動揺する。

そもそも、普通はステータスなんてよほど親しくない限り他人には見せない。パーティーメンバーでも、わかるのは一部の情報だけだ。

「な、何……」

「これ、見てください」

そんなことに構わず、ココルは俺へ示すように、ステータス画面を向けた。

それを見て――――俺は思わず目を丸くする。

「れ、レベル【80】!?」

およそあり得ない数値だった。

ここまで高いレベルは、噂にすらも聞いたことがない。生涯ソロで深層へ潜り続けても、至れるかどうか。

だが――――目の前にいるのはおそらく俺よりも年下の女の子で、しかも職種は戦闘に向かない神官だ。意味がわからない。

ココルが身を縮めるようにして言う。

「あはは、お恥ずかしい」

「い、いや、何が……というか、当たり前だけどパラメーターもすごいな……。もしかして、俺の助けなんていらなかったか？　なんであの程度のゴブリンに悲鳴上げてたんだ？」

「その、急にたくさん出てきたのでびっくりして……。でも、助かったのは本当です。やっぱり戦闘はあまり得意じゃないので……」

とはいえ、レベル【80】だ。

そりゃ神官でソロでもこの程度の階層なら余裕だろう。

「あの……そこじゃなくて、スキルの方を見てもらえませんか」

とココルに言われ、俺はスキル欄に目を落とす。

そこで再び、驚いた。

数が多い。

実に、十一。

俺の七も十分に多いが、それを余裕で上回っている。

内容を見てみると……【治癒魔法強化】【MP増強・中】【慈愛神の加護】といったものが並んでいる。なるほど、どれも神官に向いたスキルばかりだ。

だが――――その一番下。

最後のスキル名に、俺の目が留まった。

聞いたことのないスキルだ。これは、まさか……。

「わたし……実は、マイナススキル持ちなんです」

ココルが恥じるように呟く。

それは、答え合わせのようなものだった。

「その【首級の簒奪者(さんだつしゃ)】というのが、わたしのマイナススキルです」

＊＊

「マイナススキル……なのか、これ」

「はい。珍しいですよね。わたしも、他に持ってる人を知らないです」

ココルが、たはは、と笑う。

「これのおかげで、わたしこんなにレベルが高くなっちゃったんですよ。その代わり、どこのパーティーにも入れてもらえないんですけどね」

俺は混乱する。

「待て、どういうことなんだそれは……。そのスキルには、いったいどんな効果があるんだ？」

「このスキルの効果は、すごく単純です。パーティーの他のメンバーがモンスターをキルした時……それを、わたしがキルしたものと見なすんです。必ず」

「パーティーメンバーが……？」

スキルの中には、【付与効果共有】や【博愛神の加護】のように、ステータス画面からパーティー登録した者全員にその効果をおよぼすものもある。

ココルの【首級の簒奪者】も、そういうスキルということだろうか。

だが、俺は首をかしげる。

「それ、何か意味があるのか？　特にマイナスでもない気がするが……。アイテムは普通にドロップするんだろ？」

「アイテムは、そうですけど……問題は、経験値のキルボーナスなんです」

「あっ……」

俺はようやく気づく。

モンスターを倒すと、レベルアップに必要な経験値が手に入る。

パーティー内の誰かが倒せば経験値は全員に入るのだが、キルした者だけは、他の者よりも多くの経験値が手に入るのだ。

いわゆるキルボーナスというやつで、その量はメンバーが得る経験値の約三倍。

同じパーティーでも戦闘職ほどレベルが上がりやすいのは、これが理由だ。

しかし……、

「パーティー内のキルボーナスを、あんたが独占してしまうスキルなのか」

「はい。あはは……ひどいスキルですよね。当たり前ですけど、わたしがいるとパーティーメンバーのレベルが上がりにくくなっちゃうんです。剣士でも魔導士でも、回復職と同じくらいに」

ココルがぽつぽつと、どこか恥じ入るように説明してくれる。

そりゃそうなってしまうだろう。

俺は恐る恐る訊ねる。

「じゃあ、あんたのそのレベルは……」

「ご想像の通りです。これまでに組んだパーティー全員分の経験値を奪って、ここまで上がっちゃったんですよ」

苦笑いを浮かべながら、ココルは言う。

「わたし、こんなスキルを持っていても神官なので、前はパーティーに入ってたこともあるんです。回復職は、いつだって募集しているパーティーがありますから。駆け出しの頃はもう、冒険のたびにどんどんレベルが上がりました。他のメンバーのレベルなんてあっという間に追い越すほどで。まあ、そうなるとだいたいすぐに追い出されちゃうんですが」

「……」

「そうしているうちに、ボス戦などに助っ人として呼ばれるようになりました。レベルの高い回復職は希少なので……。ボスモンスターのキルボーナスって、すごいんですよね。普通はある程度のところからレベルって上がりにくくなると思うんですけど、わたしの場合そんなこともなくて……

気づいたら、こんな数値にまでなってました」

「……」

「ほんと、恥ずかしいです。がんばってたのは他の人たちなのに」

ココルはうつむき、後ろめたそうに言った。

俺はなんと声をかけたものか、迷いながら口を開く。

「そうだったのか……いや、だけどわかるよ。俺も今までパーティーメンバーには迷惑をかけてきたから。だけど……あんたなら、探せばきっと受け入れてくれるパーティーがあるんじゃないか？高レベルの神官なんて滅多にいないし、スキルだってたくさん持ってる。レベリングしたければ、神官抜きでやることもできるんだしさ」

俺なんかよりは、ずっとマシな境遇だろう。

しかし、ココルは目を伏せながら力なく答える。

「あはは、ありがとうございます。でも……たぶん、ダメだと思います。そういう問題じゃないんです。がんばってモンスターを倒しても、経験値のほとんどを後ろで何もしていないわたしに持っていかれたら、きっと誰だって腹が立ちます。だから……たとえどこかのパーティーに入れてもらっても、今のままじゃまたすぐに追い出されちゃいますよ」

ココルの言葉に、俺は何も言えなくなってしまった。

マイナススキルが感情の問題というのも、言われてみればその通りかもしれない。

俺だって、ついさっき自分のアイテムドロップの少なさにうんざりしたばかりだ。

「それに……【首級の簒奪者】には、はっきりとしたデメリットもあるんです。このスキルがあると、キルした人が【経験値上昇】や【ドロップ率上昇】系のスキルを持っていても、判定されなくなっちゃうんです。普通だったらすごく役に立つスキルなのに、わたしのせいで……」

「……ん？」

慰めの言葉を考えていた俺は、そこで固まった。

【ドロップ率上昇】のスキルを持っていても、判定されなくなる？

それなら、ひょっとして……。

「わたし、実は……このダンジョンには、ボスを倒しに来たんです」

「……」

「アルヴィンさんは知ってましたか？　このダンジョンのボスは、スキルを消すアイテムをドロップするという噂があるんです。わたし、それがどうしても欲しくて……。このマイナススキルさえ消せれば、わたしだって、普通の冒険者になれるはずなんです！　誰にも迷惑をかけない、パーティーから追い出されたりもしない、普通の冒険者に……」

ココルは膝に置いた拳を握りしめ、思い詰めた表情で続ける。

「だから、その、不躾なお願いではあるんですが……アルヴィンさん。わたしと一緒に、ボスを倒してもらえませんか？　本当は一人でやるつもりだったんですが、さすがに神官のソロでは厳しい気がしてきて……。これでもレベルは【80】ですし、冒険者（プレイヤー）スキルにも自信があります！　アルヴィンさんもかなりの高レベルみたいですし、わたしたち二人でなら、きっとこんな小規模ダンジョンのボスくらい普通に倒せると思います！　もちろん経験値を奪ってしまうことになるので、パーティーは組んでくれなくても大丈夫です。報酬も、わたしはそのアイテムさえあればいいので、残りはすべてアルヴィンさんに差し上げます。だから……」

「ココルさん!!」

「ひゃっ!?　は、はい？」

俺は思わず、ココルの肩を摑んでいた。

正直、話はあまり耳に入っていなかった。

今までの流れを全無視し、俺は言う。

「俺とパーティーを組んでくれないか!?」

＊＊

「あの、本当にいいんでしょうか？」

俺の後ろをついてくるココルが、心配そうに言う。

あの後俺は、渋るココルに頼み込み、なんとかパーティーを組んでもらった。

そして今は、セーフポイントを出てモンスターを探しているところだ。

ココルはなおも言う。

「さっきも言いましたけど、わたしとパーティーを組んでいると経験値のキルボーナスは絶対にもらえなくなっちゃうんですよ？　それに、モンスターを倒すと発動するスキルだって……」

「いいんだ」

俺は目だけで振り返り、ココルに答える。

「経験値なんて気にしない。ちょっと試してみたいことがあるから、今だけでも付き合ってくれないか？」

「はあ。それは構いませんけど……」

「もちろん、あんたがどうしても嫌だというのなら仕方ないが」

「い、嫌なんてことはっ」

ココルがぶんぶんと首を横に振る。俺は笑って言う。

「ならよかった。あんたよりレベルは全然低いが、前衛は任せてくれ」

「……わかりました。後ろを警戒しておきますね。支援効果（バフ）は必要ですか？　ＭＰには余裕がありますけど」

「いや。まだ中階層でも浅い方だし、なくても大丈夫だ」

答えながら、俺は少し感動する。

ああ、これだよ。やっぱりパーティーはいいな……。

頼りにできる仲間がいるのといないのとでは安心感が違う。

パーティーを追い出されるたび一人に落ちぶれてただけに、身に沁みた。

「あっ」

その時、後ろでココルが声を上げた。前方に現れた敵に、俺も目を向ける。

黄色く丸い不定形の体。麻痺液を吐くパラライズスライムだ。

敵を見据えた俺は、大きく踏み込んで……そしてあえて、足を止めた。

予想通りに飛びかかってきたスライムに、タイミングを合わせるようにして剣を振るう。

その剣線は、弱点部位である核にあっさりと届いた。

ＨＰを一撃でゼロにされたスライムが、エフェクトと共に四散する。

「わっ、上手いですね！」

後ろでココルが声を上げた。

雑魚モンスターと思われがちなスライムだが、弱点部位である核を叩くには意外とコツがいる。

俺は、このように一度跳躍させる方法をよく使っていた。

こうすると避けられないうえに、体が長く伸びて核を守る部分が薄くなる。まあ、できるだけパーティーの戦力になろうと編み出した工夫の一つだ。

だが、今はそんなことどうでもよかった。

　俺は、スライムが消えた後に残ったコインやアイテムたちを呆然と眺める。

「このスライム、けっこうお金落としますよね。あ、『パラライズスライムの核石』ですよ！　ラッキーでしたね」

　明るい声でドロップアイテムを拾い上げるココルを余所に、俺は自分に言い聞かせるよう呟く。

「……いや、まだだ。まだわからない」

「ええ、何がですか？」

　頭を振って歩みを進める俺の後ろを、ココルが困惑したようについてくる。

　俺だって普通にドロップすることはある。これだけじゃまだ……。

　次に遭遇したのはイエローゴブリンだった。

　一体だけだったので、滑るように距離を詰め、盾を構えられる前に首を刺し貫く。

　四散したイエローゴブリンは、またもや大量のコインやアイテムをドロップした。

「……！」

「へぇ、『イエローゴブリンの解毒薬』ですって。こんなの落とすんですね。麻痺解除用のポーションと効果は同じみたいですけど、わたし初めて見ました。珍しい」

「……い、いやまだ、もう一回……」

「アルヴィンさん？　どうしたんですかぁ？」

　次に遭遇したのは、エレキスパイダーだった。

痺れ糸を撒かれると面倒なので、これはとにかくすばやく倒す。

小さなクモ型モンスターは、これまで以上にたくさんのアイテムをドロップした。

「ええっ、『雷玉』がありますよ!? エレキスパイダーでも落とすんですね〜」

ココルが驚いたように言った。

「ラッキーですね！ アルヴィンさんって、もしかしてドロップ運いい方ですか？」

「……お、俺は……ドロップ運が、よかったのか……」

「え？」

「知らなかったんだ……俺は、今までほとんど、アイテムドロップに恵まれることがなかったから……」

「はい？」

「……ココルさん！」

俺は思わずココルに詰め寄る。

「ひゃっ!? な、なんですか？」

「俺とパーティーを組んでくれないか!?」

「く、組んでるじゃないですか、今……」

「そうだった。なら……頼む！ これからも、ずっと一緒にいてくれ！」

「……へっ？」

「あんたなしで、俺はこの先生きていける自信がないんだ」

「なっ、ななな何を言っているんですかアルヴィンさん!?」

ココルが後ずさって目を逸らす。

「わ、わたしたちまだその、知り合ったばかりですし……」

「関係ない。あんたたちは俺に、すべてをさらけ出してくれたじゃないか」

「そうでしたっけ!?」

「ああ。確信をもって言える。あんたと俺の相性は最高だ。この出会いは運命だったに違いない」

「そ、そこまで言いますか!?」

「当然だ」

俺はうなずく。

しかし、ココルの方はというともじもじするばかりでいまいちいい反応がない。

「で、でもぉ……わたしまだ、アルヴィンさんのことよく知りませんし……」

「はっ……そうか」

そういえば大事なことを言い忘れていた。

「実は、俺もマイナススキル持ちなんだ」

「……へっ？　そうなんですか？」

「ああ。【ドロップ率減少・特】という。あんたのと違って、あまり珍しくもないスキルだが」

「ええっ、珍しいですよ！　確かに【ドロップ率減少】系スキルはよくあるマイナススキルですけど、【小】や【中】ならともかく【特】なんて聞いたことありません！　よく冒険者になりましたね!?」

「大変だったよ」

俺は今までの苦労をかいつまんで話す。

つい最近パーティーから追い出されたくだりを、ココルは辛そうな表情で聞いていた。

「というわけだ。こんなダンジョンに一人で潜っていたのも、結局はココルさんと同じ理由だったんだ」

「そうだったんですか、アルヴィンさんも……えへへ、お互い苦労してますね」

共感したのか、はにかむように笑ったココルに、俺は苦笑してうなずく。

「本当にな」

「ん？　あれ、でも……」

と、そこで、ココルが首をかしげる。

「そんなスキルを持っている割りには、さっき普通にドロップしてませんでした？」

「そう、それなんだ。俺一人なら、アイテムどころかコインすら落とさないことの方が多い。さっきのドロップは……あんたのおかげなんだよ。ココルさん」

「え、わたしの？」

「あんたのマイナススキル【首級の簒奪者】は、パーティーメンバーがキルしたモンスターを、あんたがキルしたものと見なす。そうだったよな？」

「ええ」

「だからキルボーナスはすべてあんたに入るし……パーティーメンバーの持つ、【経験値上昇】や【ドロップ率上昇】のような、モンスターをキルした際に効果を発揮するスキルも、発動しなくなってしまう」

「はい。……ん？　まさか……」

「ああ、そうみたいだ」

俺は言う。

「発動しなくなるんだ――俺の【ドロップ率減少・特】も。あんたとパーティーを組んでいれば、俺は……何のマイナスもない、普通の剣士でいられる」

聞いたココルが目をしばたたかせる。

「な、なるほど。言われてみれば、そうですよね……。あれ？　じゃあさっきの、ずっと一緒にいてくれとか言ってたのって……」

「ああ。このダンジョンを出た後も、引き続きパーティーを組んでほしいんだ」

「……はぁ」

「どうした？」

「……なんでもありませんっ」

そう言って、ココルがそっぽを向く。

怒らせてしまったかと少し焦るが、やがて戻された顔は小さく笑っていた。

「でも……うれしいです、そう言ってもらえて。わたしのこんなスキルでも、役に立つことがあるんですね」

「そうだ、だから……」

「だけど、やめておいた方がいいと思います」

ココルが、力なく笑いながら言った。

俺が何か言う前に、ココルが続けて話す。

「言ったじゃないですか。わたしとパーティーを組んでいると、キルボーナスが一切手に入らなくなるって。さっきの戦闘だって、アルヴィンさんにはパーティーメンバーとしてもらえる経験値しか入ってなかったはずです。あれがずっと続くんですよ？　それでもいいんですか？」

「構わない」

俺は強くうなずく。

「言っていなかったが、俺もレベルは【43】あるんだ。あんたに比べれば低いかもしれないが、普通の剣士としては十分高い。これ以上はレベルも上がりにくくなってくるし、結局ソロでは限界がある。経験値よりも、俺は仲間が欲しいんだ。一緒に戦える、同じパーティーの仲間が」

「……それでも、ダメですよ。わたしとパーティーを組んでも、所詮は神官と剣士の二人です。行けるダンジョンは限られます。そして、これ以上メンバーが増えることもきっとないです。わたしが経験値を奪ってしまうから……。アルヴィンさんほどの剣士なら、もっといいパーティーにだって、入れると思いますけど……」

伏し目がちに言うココルの声は、自然と小さくなっていった。

俺は否定するように首を横に振る。

「行けるダンジョンが限られたって、ソロよりはずっとマシだ。余所のパーティーにまた入ることも、もしかしたらできるかもしれないが……もう追い出されるのはごめんなんだ。あんたならわかるだろ？　それに、他のメンバーだってきっと集まるさ。高レベルの前衛と回復職（ヒーラー）が揃ってるんだ。有望なパーティーだと思わないか？」

「でも、わたしのスキルが……」

「経験値のことで文句を言う奴がいたら、そいつを追い出してやるよ。俺が必ずあんたの味方になる。あんたがいないと、俺はまともなドロップにありつけないんだからな。だから、頼む」

「うう……」

ココルは短く唸（うな）ると、うつむいてしまった。

自然と、俺の言葉も止まる。

会話が止んでしまったが、ここからどう声をかけたものかわからない。

思えば俺はずっと、人付き合いというものが苦手だった。マイナススキルのせいでいつパーティーから追い出されるか知れないともなれば、自ずと深入りは避けるし、卑屈にもなる。

女の子への声のかけ方も、よくわからない。

ひょっとすると……ココルは、俺だから嫌がっているのか？　性格を直した方がいいと言われたばかりだしな……。

とはいえ、はいそうですかとあきらめられるものでもない。

「その……俺の性格に問題があるのなら、直すよう努力する」

「ええっ、そんなことは全然ないですけど……さっきも助けてもらいましたし……」

そう言うと、ココルはまた黙ってしまった。

とりあえず、これ以上無理を言っても仕方がない。

俺はぎこちない笑みと共に助け船を出すことにした。

「あー……そうだな、今無理に決めてくれなくてもいい。とりあえずこのダンジョンに潜っている間だけでも、同じパーティーでいてくれないか？　後のことはそれからってことで」

「うーん……わかりました。それじゃあ、少しの間ですけどよろしくお願いします、アルヴィンさん」

どこか煮え切らない笑みだったが……それでもココルは了承してくれた。

俺はほっとすると共にうなずく。

「ああ。よろしく、ココルさん」

ひとまず、これでいいだろう。

あとは誠心誠意剣士としての役割をこなして、いいところを見せるようにしよう。

新しくパーティーに入った時とやることは変わらない。

とにかく頑張って役に立つんだ。

「よし、じゃあそろそろ……」

先へ進もうか、と言い終える前に――――俺は、通路の隅に光る物を見つけた。

「あっ、宝箱ですよアルヴィンさん！」

俺の視線を追って、ココルも同じ宝箱を見つけたようだった。駆け寄る彼女の後に続く。

「うーん、ミミック……じゃありませんよね？」

ココルは宝箱の前で足を止めて唸る。

ダンジョンではたまにこうして、古めかしい造形の宝箱が見つかることがある。

中に入っているのはコインやアイテムなど。価値のある物は少ないが、時々モンスターがドロップしない珍しいアイテムを拾えたりもする。

ただ一方で、鍵がかかっていたり、モンスターの一種であるミミックが化けていることもあった。

「俺が開けるよ。ココルさんは下がっていてくれ」

前に歩み出ながら、俺は言う。

この程度の階層なら、ミミックもさほど怖くない。

それに何より、今俺の後ろには回復職(ヒーラー)がいる。ソロだったら多少ためらったかもしれないが、今は心配する理由がなかった。

宝箱の蓋に手をかけ、引き上げる。

幸い、鍵はかかっていなかった。

「えっと、どうですか?」

「……ミミックではなかったが、ハズレみたいだな」

俺は宝箱を覗き込みながら言う。

アイテムはない。あるのは大量のコインだけだ。

ダンジョンで拾えるコインは、実はそれほど価値がない。正式な貨幣を鋳造する原料となるので一定の値段で買い取ってもらえるが、麻袋いっぱいに詰めても大した額にはならない。

ただ、拾える物は拾っておこう。

「アイテムやコインは俺が運ぼう。レベル差はあるが、それでも運搬上限は俺の方がきっと上だ。ダンジョンから出たら平等に分けよう」

「あっ、はい。じゃあお願いします」

俺はステータスを開くと、画面を操作し、宝箱のコインをストレージに収納していく。

ストレージにはすでにいくらかのアイテムやコインが入っていたが、まだまだ余裕があった。

もしかしたら、ここが俺のドロップで埋まる時も来るんだろうか……。

レベルと共に無駄に上がっていった運搬上限だが、ここに来て役に立つ見込みがやっと出てきた。

にやけながらコインを収めていると。

「……ん？」

ふと宝箱の隅に埋まっていた、コイン以外の物を見つけた。

「あ、羊皮紙ですね」

ココルが隣に来て、宝箱を覗（のぞ）き込んで言った。

俺は無言で、その丸まった羊皮紙を手に取る。

白紙の羊皮紙がアイテムとして見つかることもあるが、その場合もっと束になっているはずだ。

これはおそらく……。

羊皮紙を広げる。

案の定、そこには文字が記されてあった。

隣でココルが言う。

「テキストみたいですね」

「ああ」

思わせぶりな原典（フレーバー・テキスト）は、こういう形でも見つかることがある。

俺はココルにも見えるように羊皮紙を広げながら、内容に目を通してみる。

〝その░░░░は、使用者の持つ才の一つを失わしむる。〟


「これは……」

俺はすぐに思い至った。

これはボスドロップであると噂されていた、スキルを消すアイテムの説明文だ。

おそらくここに潜っていた他の冒険者も、これと同じテキストを見つけたんだろう。

同時に思い出す。

俺が、このアイテムを目当てにこのダンジョンへ来たことを。

「あの……アルヴィンさん」

同じことを考えたのか、ココルがおずおずと口を開く。

神官の少女は、へにゃりと笑って言った。

「もしもボスを倒せて、このアイテムが手に入ったら……アルヴィンさんが使っていいですよ」

「は？」

呆気にとられる俺に、ココルは言う。

「アルヴィンさんには恩がありますし……それにほら、わたしのスキルがなくなるとアルヴィンさんは困るでしょうけど、アルヴィンさんのスキルがなくなっても、わたしには影響ないじゃないですか。もし何かあって、アルヴィンさんが別のパーティーに入りたくなった時のことを考えると……その方が絶対いいですよ」

へにゃへにゃ笑うココル。

俺は口を閉じ、少し考えてから言う。

「……もしかして、また見捨てられると思ってるのか？」

「……」

「俺がいつかあんたのマイナススキルに嫌気が差して、パーティーから追い出す時が来る……とでも思ってるんじゃないか？　アイテムを譲ると言って、俺がどうするかを試しているのか？」

そう言うと、ココルはうつむいてしまった。

俺は思わず溜息をつく。

「あのな……いや、いい。気持ちはわかる」

俺だって何度もパーティーから追い出されてきた身だ。

仲良くしていた連中に、代わりが見つかったからとある日いきなりお役御免にされたこともある。

卑屈になるなと言う方が無理だ。

「言っただろう。俺だってマイナススキル持ちなんだ、同じ境遇の奴を裏切るような真似なんて絶対にしない」

「はい……」

「それにな……アイテムのことは、たぶん大丈夫だ」

「え……？」

不思議そうにするココルに、俺は説明する。

「こういうボスドロップが消耗品であることはほとんどない。使って終わりなアイテムではきっとないはずだ。才の一つを、って書いてあるから一人に複数回は使えないだろうが……二人以上に使える可能性は十分ある」

「それじゃあ……！」

「ああ。俺たち二人とも、マイナススキルを消せるかもしれない」

ココルが、ぱあっと顔を明るくする。

今まで見た中で、それは一番いい表情だった。

「絶対！　二人でボスを倒しましょうね！　アルヴィンさん！」

「ああ。頑張ろう」

羊皮紙をストレージに仕舞う。

俺たち二人は宝箱に背を向け、ダンジョンの更なる深層に向かい歩き出した。

ココルの場合

「俺とパーティーを組んでくれないか!?」

アルヴィンと名乗る赤毛の剣士にそう言われた時、ココルは思わず唖然としてしまった。それから、この人は自分の話を聞いていなかったんじゃないかと思った。

ココルが落日洞穴に挑もうと決めたのは、ひとえに仲間が欲しかったからだ。

超高レベルの神官ともなれば、入るパーティーには不自由しない。たとえパーティーメンバーのキルボーナスを奪ってしまうマイナススキル、【首級の簒奪者】を持っていた彼女であっても、大規模なボス討伐の助っ人や、欠員が出た際の臨時回復職（ヒーラー）としてならば、参加のあてに困ることはなかった。

ただし、正式にパーティーへ加入することは決してない。

まれに、誘われることはある。しかし最終的にどうなるかは、これまでの経験からよくわかっていた。

本当の仲間が欲しかった。いずれ自分を追い出したりしない、本当の仲間が。

冒険者という職業は、不安になることも多い。それは【80】という、ほとんどの冒険者が一生かけても届かないほどのレベルを持ち、深層でのボス戦を何度も経験した彼女であっても変わらない。

小さい頃に抱きがちな、輝かしい冒険者への憧れなどはとっくに捨てていたが……本当の仲間が欲しいという思いだけは、決して消えなかった。

その噂を耳にしたのは、ただの偶然だ。

落日洞穴のボスは、スキルを消すアイテムをドロップするという。

挑もうと決意するまでに、時間はかからなかった。自分がこれまでパーティーを追い出されてきたのは、すべてマイナススキルが原因だ。【首級の簒奪者】を捨てることさえできれば、自分にも本当の仲間ができると、ココルは強く信じていた。

ダンジョンへは、一人で挑むと決めた。

助っ人の相場は決して安くない。蓄えがあるとはいえ、満足なパーティーを組めるほどの人数を雇う余裕は、さすがにない。

それに自分のレベルならば、小規模ダンジョンくらいは余裕だろうと考えていた。

初めは思っていたとおり、何の問題もなくダンジョンを進めていた。高いVIT（耐久）のおかげでモンスターの攻撃は大して通らず、メイスを振るえば一撃で四散していく。前衛の仕事はなんて簡単なんだろうと思った。初めて一人（ソロ）でダンジョンに潜る微かな緊張感すらも、次第に失せていった。

だから、中層でイエローゴブリンの群れに不意を突かれた時、パニックになった。

冷静に考えると、大した敵ではない。

麻痺は問題にならない。状態異常系のモンスターらしく、攻撃力も低い。

治癒(ヒール)を唱え、自分を回復しながら一体ずつ処理していく。それだけで簡単に倒しきれる群れだった。

しかし――――大量のモンスターに囲まれ、自分のＨＰがはっきりとした速度で減少していくのを見た時、急に怖くなってしまった。

死ぬかもしれない、と初めて思った。

「あんた大丈夫か！　ＭＰはまだ残ってるか!?」

その赤毛の剣士が加勢してくれたのは、ただの偶然だ。

たまたま同じダンジョンの、同じ階層にいて……たまたま助けられるだけの実力と、善良さを持っていた。ただの偶然。

だけどそこに、思わず運命めいたものを感じてしまうくらいには、ココルは気が抜けてしまっていた。

幸いと言っていいのか、アルヴィンと名乗るその剣士は、人が弱っているところにつけ込むような人間ではなかった。

「いいって。冒険者なら困った時はお互い様だ」

むしろ、お人好しの部類だ。

神官の自分が一人でいたことを気にしていた彼は、パーティーが全滅して孤立したわけではないと知ると、他人事（ひとごと）にもかかわらず心から安堵していたように見えた。

「でも……あんた、本当にソロでこんなところまで来たのか？　大きなお世話かもしれないが……無謀じゃないか？　神官のソロなんて聞いたことないぞ。しかも浅層ならともかく、こんな中層になんて……」

「あはは……わたしも、誰かと来られたらよかったんですけど……パーティーを組んでくれそうな人が見つからなくて」

その時、思った。

もしかしたらこの人なら――協力してくれるかもしれない、と。

自分の境遇に同情して、ボスの討伐を手伝ってくれるかもしれないと、そんな都合のいいことを考えた。

いくつもの高レベルパーティーに所属したことのあるココルには、アルヴィンの実力のほどがわかる。この剣士は、本来ならこんな小規模ダンジョンにいるような人間じゃない。ソロでも三十層以上に潜れるような、高レベルの深層冒険者だ。

実力的にも、これ以上望みようがないほどだった。

先の戦闘で少し心が挫（くじ）けかけていたココルは、もうチャンスはここしかないと、必死で説得するつもりだった。

自分のマイナススキルについて事細かに説明したのも、それが理由だ。

しかし……、

「俺とパーティーを組んでくれないか⁉」

どういうわけか、異様なくらい食いつかれてしまった。

紆余曲折を経て話を聞いたところによると、どうやら彼もマイナススキル持ちで、自分と同じ理由でこのダンジョンに来たらしい。

しかも、それだけではなく……、

「発動しなくなるんだ――俺の【ドロップ率減少・特】も。あんたとパーティーを組んでいれば、俺は……何のマイナスもない、普通の剣士でいられる」

それを聞いて、こんな都合のいいことがあるのか、と思った。

無論、偶然だ。偶然以外の理由などあるはずもない。

だけどそこに、思わず運命めいたものを感じてしまうくらいには、その時のココルは浮かれてしまっていた。

この人なら、仲間になってくれるかもしれないと思った。

いずれ自分を追い出したりしない、本当の仲間に。

……でも。

「だけど、やめておいた方がいいと思います」

反射的に拒絶の言葉を吐いてしまったのは……怖かったからだ。

キルボーナスなどいらないと、彼は言う。今は、それは本心だろう。

だけど、いつそうでなくなるかわからない。

彼の気が変わり、いつかまた、これまでと同じように追い出されるかもしれない。

それが起こらない保証は、【首級の簒奪者】を持っている限り、絶対に得られない。

希望を持つことが怖かった。初めから持っていないよりも、一度手に入れてから失う方が、ずっと辛い。

黙り込んでしまった自分に、アルヴィンが言う。

「あー……そうだな、今無理に決めてくれなくてもいい。とりあえずこのダンジョンに潜っている間だけでも、同じパーティーでいてくれないか？　後のことはそれからってことで」

それでも思わずうなずいてしまったのは……やはりどうしても、彼のことを諦めきれなかったからだろうか。

ココルは、前を行く剣士の背を見つめる。

剣士が前衛。神官が後衛。二人パーティーというのはあまりないが、自分たちの職業ならば当然この陣形になるだろう。これから先、少なくともダンジョンを出るまでは、彼の背を見つめ続けることになる。

『頼む！　これからも、ずっと一緒にいてくれ！』

不意に、あの時アルヴィンからかけられた言葉を思い出して――――思わず顔が熱くなった。

結局、ただの勘違いだったわけだが……どうしてあんな紛らわしい言葉を選んだのだろう。

おかげで、一人で舞い上がってしまった。

もし本当の仲間にはなれなくても、別の関係でなら……とか。

微妙に腹立たしい気持ちになって、ココルは口をとがらせ、赤毛の剣士の背を睨(にら)んだ。

【首級の簒奪者】

パーティーメンバーがモンスターをキルした場合、
このスキルの所持者がキルしたものと見なす。

Head hunting
stealer

【嫉妬神の加護】

Jealousy blessing

俺は剣を振るう。

レベルが低かったのか、最後のテンタクルプラントはそれだけで体を四散させた。

「ふう」

群れの殲滅を終え、一息つく。ダンジョンの床一面には、大量のドロップが散らばっていた。

俺たちは、ここ落日洞穴の二十四層にまで到達していた。

ダンジョン中層でも深部に近くなってくると、出現するモンスターはさらに強力になり、たとえ中級者でも攻略用のパーティー編成が不可欠になってくる。俺でも、ソロで潜るならしっかりと事前準備しなければ危険な階層だ。

とはいえ、まだレベル的にはいくらか余裕があるし、それに今の俺は一人じゃない。

俺は振り返り、後衛として控えていた神官の少女に声をかける。

「ココル、ドロップの回収を手伝ってくれ。俺一人では拾いきれないかもしれない」

「は、はい！」

ココルが落ちているアイテムへと駆け寄り、ステータス画面を開いてストレージへ収納し始める。

モンスターがドロップしたアイテムは、時間が経つとひとりでに消えてしまう。ちょうど、モンスターの体と同じように。

一度ストレージに入れたりダンジョンから出したりするとそんなこともなくなるのだが、この特性のせいで、大量にドロップがあると拾う前に消えてしまうこともたびたびあった。

そんなわけで、一度は自分が運ぶと言ったものの、結局回収をココルに手伝ってもらっていた。

運搬上限が上がりにくい神官だが、超高レベルなだけあってまだまだ余裕らしい。本当に得がたい仲間だ。

アイテムやコインを回収しながら、俺はにやける。

まさか、俺がこんなにドロップを得られる日が来るとは思わなかった。埋まっていくストレージを見ているだけで楽しい。

ダメだダメだ、この贅沢が当たり前になりつつあるな……。

少なくとも今は、ただココルのスキルの恩恵にすぎないんだ。この状況にあぐらを掻かないようにしなければ。

「一通り拾い終わったな」

ダンジョンの床を見回した俺は、それからココルへと言う。

「結構歩いたが、大丈夫か？　無理そうなら休んでもいいが」

「いえ、大丈夫です。アルヴィンさんが問題なければ、次のセーフポイントまでは進みましょう」

「わかった」

俺はそう短く答え、歩みを再開する。

しばらく無言で進んでいたが、不意に後ろからココルが声をかけてきた。

「……あのう」

「ん？」

「アルヴィンさんの剣って、特別なものなんですか？」

「俺の剣？　いや。威力はそれなりにあるが、普通の剣だよ。特に効果も付いてない。これくらいのものは、深層へ潜る剣士なら誰でも持ってる」

「そうなんですか……。じゃあ、何か特別なスキルでも持ってるとか？　【一撃死】みたいな」

「い、いや、そんなスキルは持ってないし、たぶん存在もしないと思うが……どうしてだ？」

「いえ……」

ココルが少し置いて言う。

「アルヴィンさんに斬られたモンスターは、ほとんど一撃で死んでいるので……。いくらレベル【43】の剣士でも、二十四層のモンスターを一撃って、普通無理です。だから、何かあるのかなと思って」

「あー……確かにそうだな」

俺は説明する。

「理由はいくつかある。まず【一撃死】なんてスキルはないが、【筋力上昇・大】のようなパラメーター上昇系スキルは持ってる。そのおかげで、実際のステータス数値はレベル以上にあるんだ。それから、今はココルのバフもある」

二十層を超えたあたりから、ココルは俺にバフをかけてくれていた。

しかも《筋力増強》《ダメージ軽減》《毒耐性》といったものを重ねがけ。おかげでかなり楽に戦えていた。

ＭＰは大丈夫なのかと思ったが、全然余裕らしい。さすがレベル【80】の神官だ。

だが、当のココルは首をかしげている。

「うーん……それでも一撃は無理だと思うんですけど」

「いや。これくらいの攻撃力があれば、弱点部位さえ突ければ中層のモンスターなら一撃でも倒せる」

「……え？　もしかして、さっきの全部弱点部位を断ってたんですか？」

「さすがに全部ではないが、一撃で倒せていた奴はそうだな」

「ええ……な、なんですかそれ。どんな腕してるんですか……」

ココルが驚いたように言う。

「わたし、結構高レベルのパーティーに参加したこともありますけど、アルヴィンさんのようなことしてる剣士は見たことないです。腕もそうですけど、それだけモンスターの弱点部位を覚えてるってことですよね？　よほど経験を積まないと無理だと思うんですが……」

「経験はもちろんだが、ギルドの書庫にある資料を読んだり、熟練の冒険者にしつこく話を聞いたりして勉強したんだ」

俺は苦笑と共に言う。

「ドロップで足を引っ張る分、少しでも活躍しなきゃいけなかったからな」

マイナススキル持ちのうえに足手まといとあってはどこのパーティーにも居場所はないと、俺はとにかく必死だった。

結局、足手まといでなくても居場所はなかったわけだが。

「アルヴィンさん……」

「でも、それだけじゃないぞ。俺もソロではこんなことしない。ココルがいてくれるからこそだ」

「わたしが？」

「ああ。後衛に回復職（ヒーラー）が控えていてくれるからこそ、多少危険な賭けにも出られる」

弱点部位を狙うのは難しく、失敗した時には反撃を喰らう可能性もある。

腕に自信はあるものの、ソロの時はなるべく控えるようにしていた。もちろんその分効率は悪くなってしまうが、やむを得ないことだ。

だが仲間がいれば、そんなことを気にする必要もなくなる。

聞いたココルが照れたように笑う。

「……えへへ」

「あとは……正直に言うと、あんたにいいところを見せたいというのもあるな」

「え、ええっ!?　な、なん……」

「前衛として力不足だと思われたら困る。せっかく出会えた仲間なんだ。レベル【80】の神官様に、見限られないようにしないとな」

「あ……そ、そういう……ですか」

「どうした？」

「……なんでもありませんっ」

ココルが後ろですねたように言った。

たまにこうして機嫌を損ねてしまうのだが、どうしてかよくわからない。

「……ん」

その時、前方に重い足音を轟（とどろ）かせながら、見上げるほどのモンスターが現れた。

緑色の巨石でできた体。

風属性と物理攻撃に耐性のあるエメラルドゴーレムだ。

普通ならなかなか厄介なモンスターなのだが、俺はほっとしていた。

いいタイミングで来てくれた。怒らせてしまったことを誤魔化（ごまか）せるかもしれない。

「……っ！」

俺は素速く距離を詰め、右足にまず一撃を見舞う。

【剣術】スキルの一つ、〝斬鉄〟を使っていたおかげか、ゴーレムが大きくよろめいた。

ただ、おそらくダメージはそれほど与えられていない。

少々レベルが高いようだ。これはちょっと時間がかかるかもしれない。

ゴーレムの反撃の豪腕を、剣を立てて冷静に受ける。激しい音がダンジョンに響き渡るが、俺の方は揺るぎもしない。

攻撃力はさほどでもないようだ。よし、それじゃあ次は……、

「アルヴィンさんっ！」

その時、後ろからココルの呼びかける声が響いた。

すぐ後に体を光が通り抜けていくような感覚がして、視界の隅に文字が一瞬映る。

《物理耐性貫通》。

バフがかかったことを示す表示だ。

「おおっ！」

俺は感動の声を上げた。これなら話は変わってくる。

ゴーレムが腕を引くと同時に、俺は地を蹴って跳躍し、その分厚い緑色の胸部に剣先を突き入れた。

剣は物理耐性を無視して深く突き刺さり――――その奥にあった、ゴーレムの核にまで届く。

残りのＨＰを一撃で削りきられ、エメラルドゴーレムがエフェクトと共に四散した。

ダンジョンの床にはその名の通り、コインに交じっていくつもの『エメラルド鉱石』がドロップする。

俺は神官の少女を振り返って言う。

「助かった。こんなバフもかけられたんだな。それにしても耐性を完全無効とは、かなりＭＰを使いそうなバフだったが大丈夫か？」

「はい、それは全然」

「すごいな、頼りになるよ」

「……えへへ。でもアルヴィンさんも、反応早すぎですよ。あのバフは効果時間がとても短いので、何回かかけ直すことも想定してたんですが……さすがです」

それから、俺たちは『エメラルド鉱石』とコインを回収する。この鉱石はいい値段で売れるので、かなり美味しいドロップだった。

アイテムを拾い終えたタイミングで、ふとココルが言う。

「それにしても、なんだかごちゃごちゃしたダンジョンですね」

「ん？」

「出現するモンスターがバラバラと言いますか。上の方にいた火属性や麻痺モンスターはどうしちゃったんでしょう？　ここはマンドレイクやテンタクルプラントのような植物系モンスターばかりですけど、でも、かと思えばエメラルドゴーレムなんか出てきますし」

「うーん、そうだな」

「ここまでテーマ不明ででたらめなダンジョンも珍しいです」

でたらめ、か。

確かにその通りだが……一方で、俺はそうじゃないという気もしていた。階層によって、ある程度出現するモンスターの傾向に偏りがある。だから、何か法則がありそうな気がするのだが……今はまだわからない。

そこまで重要でもないだろう。

ダンジョンの謎はひとまず置いておき、俺たちは先へ進むことにした。

＊＊

セーフポイントが見えてきたのは、それからしばらく歩いてからのことだった。

「あっ、見てくださいアルヴィンさん！」

指をさすココルに、俺も安堵の笑みを漏らす。

「よかった。ちゃんとあったな」

この辺りの階層は、冒険者の間で地図が売り買いされている。

ここまで潜った冒険者が、自身のマッピング情報を紙に書き写し、それを市場に流しているのだ。

情報は重要だ。冒険者は皆それを理解している。

ダンジョンでの遭難は死を意味するので、特に地図の需要は高かった。それだけでも十分に稼げることから、マッピングを専門とするパーティーもあるくらいだ。

ただし、出回る地図がいつも正しいわけではない。写し間違いや、行ったことのない場所を適当に描いた粗悪品もよくある。

だから地図通りにセーフポイントにたどり着けると、冒険者はだいたい安心するものだ。

さっそく休息に向かおうとした時――――俺は遠く、微かな物音を感じ取った。

「はぁ～、お腹空きましたぁ。やっとこれで……」

「悪い、ちょっと来てくれ！」

「ええっ？　アルヴィンさん？」

走り出す俺。その後ろを、ココルがあわてててついてくる。

音が次第に大きくなる。

モンスターが出す音に、何かが爆発するような音。間違いない、これは戦闘音だ。

ただの戦闘ならなんの問題もないが、どうも普通じゃない気がする。

予感のままに音の方へ突き進む。

そして、それが目に入った。

先が行き止まりになった隘路。そこに、何体ものエメラルドゴーレムが集っていた。

ゴーレムたちは、隘路の先の行き止まりへ歩みを進めようとしているようだった。

多数のモンスターによって遮られたその向こうから、時折火属性魔法の炎が飛び、無数のゴーレムの内の一体を燃やす。

隘路の先、行き止まりになっている場所に、冒険者がいる。

だが……あの様子だと、おそらくごく少数。少なくとも、この数のエメラルドゴーレムをなんとかできるほどとは思えない。

俺は剣を抜く。

「ココル、バフを頼む！」

「は、はい！」

俺が駆け出すと同時に、ココルが滑らかな詠唱を開始する。

速く、正確で、認識しやすい。お手本のような呪文詠唱だ。

俺がゴーレムへ肉薄し、その背の肩口から核に向かって斬り上げる頃には、すでに《物理耐性貫通》のバフが付与されていた。

エフェクトと共にエメラルドゴーレムの一体が四散する。

周囲のゴーレムの何体かが、俺へと体の向きを変える。そのタイミングで、俺は声を張り上げた。

「おーいっ!!　生きてるか!?　いくらかこっちで受け持つから踏ん張れっ!!」

「――――っ?　――――!!」

行き止まりの方から声が聞こえたが、同時に放たれた爆裂魔法の轟音と、ゴーレムの群れが出す重低音のせいで内容はわからなかった。

だが、生きているならいい。

左からのゴーレムの拳を受け流す。そのままの流れで、右にいたゴーレムの核を突いて倒す。エフェクトの下をくぐって、先にいたゴーレムの足を斬る。一定ダメージを超えて転倒したその背中を足場に跳躍。通路の隅を抜けようとしていたゴーレムの首を痛撃し、仰け反り（ノックバック）を発生させて後衛（ココル）への強襲を防ぐ。

バフのおかげもあるだろうが、なんだか調子がよかった。

どういうわけか隘路の先から放たれる魔法も急に増えて、ゴーレムの数は目に見えて減っていく。

そして、最後の一体が散った。

一面に『エメラルド鉱石』やコインが散らばった隘路の中心で、俺は剣を納め、まずは大事なパーティーメンバーを振り返る。

「お疲れ。助かった。それにしてもあのバフ、思ったよりも保つんだな」

「あ、えーっとそれは……へへ」

なぜだか照れたように笑うココルから視線を外して――――俺は、隘路の先にいた冒険者の少女へと目を向けた。

黒いローブに、杖。格好を見るに、どうやら魔導士らしい。

「大丈夫だったか？　あんた一人か。ひとまず、生きていてよかった」

聞いた魔導士の少女は――――気まずそうな顔で、やや困ったように答えた。

「あー、その……とりあえず謝っておくわ。ごめんなさい」

＊＊

「えっ、ハメだった？」

少し道を戻った、先ほどのセーフポイントにて。

俺は目を点にして、思わず訊き返していた。

「そうよ」

地面にぺたんと座り、膝に杖と帽子を置いた魔導士の少女は、にこりともせずうなずく。

「あそこの行き止まり、横幅が狭くなってるのよ。だからゴーレムくらい大きなモンスターだと詰まるの。エメラルドゴーレムは遠距離攻撃の手段がないから、魔導士や弓手のような後衛だと一方的にハメ殺せるってわけ」

「ええー……」

彼女が語っているのは、いわゆるハメだった。

ハメとは地形などを利用し、モンスターの攻撃が届かないところから一方的に狩る方法のことだ。ドロップ集めにもレベリングにも使える便利な方法だが、実際に行える場所はごく限られる。人気の場所だとパーティーが順番待ちで列を作るほどだ。

ハメポイントの情報はすぐに出回るうえ、普通は高低差を利用することが多いから、まさかあそこでハメを行っている冒険者がいるとは思わなかった。

「じゃあ……あのゴーレムは、まさかあんたが引っ張ってきたものだったのか？」

「ええ。プラント系のモンスターを焼きながらね。ここ余計なモンスターが多いから、あまり作業効率はよくないのよね」

「それは……悪いことをした」

俺は素直に謝る。

知らなかったとは言え、人の狩りに割り込むのはマナー違反だ。

しかし、少女は首を横に振る。

「いいわ。あそこの情報は出回ってないし、紛らわしかったわね。気にしないで。ドロップも自分の分は受け取ってちょうだい」

「だが……」

「いいのよ。ここであなたが悪いことになったら、次に誰かを助ける時ためらうでしょう？　それで手遅れになったら私も気分が悪いわ。あなたはいいことをしたの。そういうことにした方が、みんな得する。わかった？」

「あ、ああ……」

そうまで言われたら引き下がるしかなかった。

ココルがスススッと寄ってきて小声で言う。

「いい人でよかったですね」

「そうだな」

というより、かなり合理的な考え方をする人だ。

黒いローブに、杖。大きな帽子は今は外していて、軽く編み込んだ金髪を晒（さら）している。

いかにも魔導士と言った見た目だが、それだけに意外だった。どちらかというと、魔導士は感情的な人間が多いイメージだったから。

ふと目を戻すと、少女が半眼でこちらを見つめている。

「……魔導士なのに理屈っぽい、とか思ってない？」

「い、いやそこまでは……」

「ちょっとは思ってるのね。はあ……それ、完全に偏見だから。だいたい職業で性格が分かれるなら、魔導士こそ理屈っぽくなくちゃおかしいじゃない。いくら振ってもなくならない斧や剣と違って、こっちは減っていくＭＰと相手の属性見ながら魔法を選ばなきゃいけないのに」

「そ、そうだな……」

職業への偏見はともかくとして、目の前の少女が理屈っぽい性格なのは確かなようだ。

それはそうと、俺は気になっていたことを訊（たず）ねようと口を開く。

「しかし、あんた……」

「メリナよ」

「……悪い、そう言えば名乗っていなかったな。俺は剣士のアルヴィン。こっちは神官のココルだ。ここで出会って、臨時のパーティーを組んでいる」

「よ、よろしくです」

俺は気を取り直し、メリナと名乗った少女へと問う。

「メリナさん。あんたさっき、あのハメポイントの情報は出回っていないと言っていたが……もしかして、あんたが見つけたのか？」

「ええ、そうよ」

「それはすごいな」

素直に感心する。

ああいう場所を見つけるには、地形やモンスターへの知識もそうだが、ある種の目敏さが必要になる。

ステータスとして見えるレベルやスキルとは異なるそういったセンスも、冒険者にとっては重要なものだった。

「ひょっとして、本職の地図屋だったりするのか？」

「地図屋？　いいえ。あそこはたまたま見つけただけよ。このダンジョンには用があって潜っているだけだから」

「用が？」

それを聞いて、俺は恐る恐る訊ねる。

「もしかして……あんたも、このダンジョンのボスを倒しに？」

「まさか」

メリナが自嘲するように笑って答える。

「こんな小規模ダンジョンでも、さすがに魔導士のソロでボスは無理よ。それなりにレベルは上げているつもりだけど、パーティーが要(い)るわ」

「それもそうか」

確かに、魔導士はソロに向いた職業ではない。

ひょっとしたらと思ったのだが……考えすぎだっただろうか。

だが、それからメリナが続けて言った。

「でも、いつかは攻略するつもりよ」

「えっ」

「私ね、マッピングしながら何回もここへ潜って、少しずつ下へ進んでいるの。攻略本番の日、ボス部屋までなるべく消耗しないで行けるように、ダンジョンの構造を把握しておきたいのよね。あそこでエメラルドゴーレムを狩ってたのは、単純にお金稼ぎのため。作業効率はよくないけど、他の人が来ないし、とにかくお金を稼げるのよ。実力のある冒険者を雇うには、大金が必要だから」

「……」

とりあえず、俺は当然の疑問を口にする。

「それはわかったが、その……パーティーメンバーは、普通に募集するのではダメなのか？　あんたは見たところかなり実力があるようだし、十分レベルの高い冒険者が寄ってくると思うんだが。何も金で雇わなくても……」

「ふっ……ダメよ」

メリナが、再び自嘲するように笑った。

「私はパーティーなんて組むべき人間じゃないわ。大金を支払って、ボス戦のためだけに臨時で助っ人を雇う。その程度にしておいた方がいいの……危ないからね」

返答に困る俺たちに、メリナはふと気が向いたかのような調子で言う。

「あなたたち二人は、こんな噂を聞いたことがあるかしら。落日洞穴のボスは、持っているスキルを消すアイテムをドロップする……。何度も潜って思わせぶりな原典(フレーバー・テキスト)を集めた限りでは、これは真実よ。私には、そのアイテムが必要なの」

魔導士の少女が、静かに告げる。

「私は、マイナススキルを持っているから」

それは、俺の予感が当たったことを意味していた。

「【嫉妬(しっと)神の加護】というスキルをね」

＊＊

「【嫉妬神の加護】……？」

聞いたことのないスキル名だった。

おそらくはココルの【首級の簒奪者】と同じくらい、珍しいスキルだろう。

メリナはうんざりしたように言う。

「このマイナススキルのせいで、私はパーティーなんて組めたものじゃないの。魔導士なのにソロなんてやってるのはそのせい。他の七つのスキルが魔導士向きだから今の職業を選んだけど、これなら死にスキルを作ってでもソロ向きの職にした方がよかったかもって思うわ」

「あの……それは、どういうスキルなんですか？」

ずっと静かに聞いていたココルが、やや身を乗り出すようにして訊ねた。

メリナは同い年くらいの神官の少女へ目を向けると、少し気を抜いたように説明し始める。

「まず、自分自身とパーティー登録したメンバー全員の、すべてのパラメーターが10％上昇するわ」

「10％!?」

俺は思わず声を上げてしまった。

「は、破格すぎるだろ……。しかもパラメーターすべてだなんて」

パーティーの他のメンバーのステータスを上昇させるスキルというのは、数こそ少ないがいくつか存在する。

しかし、すべてのパラメーターを10％というのは聞いたことがないほどの効果だ。

たとえば、ＳＴＲ（筋力）のみを５％。これでも十分強力な部類になる。

「一体それのどこがマイナスなんだ？」

「もちろんこれだけじゃないわ。自分を含むパーティーメンバーがモンスターをキルしたら、その人のパラメーターすべてが３％減少するの。ちなみにこの効果は阻害効果（デバフ）扱いで、キルする度に重複していくわ」

「……え？」

俺は、今度は呆けたような声を上げてしまった。

デバフとしては、《全ステータス減少・小》よりも小さな効果しかない。

だが……重複する？

「えっと、それじゃあ……」

「三体キルした時点で上昇分がほぼなくなるわね。四体目からはマイナスよ」

「……」

普通一回の冒険で倒すモンスターの数は、十数体から数十体といったところだ。ダンジョンやパーティーの方針によっては、百体を超えることも珍しくない。

　となると、上昇効果の恩恵はすぐになくなって、あっという間にステータスは元の数値を割ってしまうことになる。

　いや、それどころか。

「まさか、一人で四十体くらい倒すとＳＴＲ（筋力）やＶＩＴ（耐久）がゼロになるのか!?　パラメーターがゼロだとどうなるんだ!?」

「……いえ、そもそもゼロにはならないわ。減少率の３％は元の数値じゃなくて現在値を参照するから、パラメーターが下がったらその分減少率も下がるのよ。四十体キルしても、せいぜい七割減くらいじゃないかしら」

「そ、そうか」

「それに、デバフだから時間経過で消えるしね」

　だったら、そこまでひどいマイナススキルではないのかもしれない。

　メリナも、それを肯定するようにうなずく。

「実際のところ、パラメーターの減少自体はそんなに問題にならないわ。戦闘に支障が出るほどステータスが下がることはまれだから」

「それなら……」

「でも結局、このスキルはパーティーをダメにするの」

　押し黙る俺たちに、メリナは続ける。

「このスキルには三つ目の効果があるのよ。それはキルした人から、経験値のキルボーナスを没収すること」

「ぼ、没収？　経験値が消えてなくなるのか？」

「いいえ、なくならないわ。没収された分は、他のパーティーメンバーへ均等に分配されるの。ある意味、没収されるよりもたちが悪いわね」

「……！」

「これが二つ目の効果と合わさると、どうなると思う？　私のいるパーティーのメンバーは、誰も積極的にモンスターをキルしようとしなくなるのよ。当然よね、キルボーナスが他人に渡るうえに、ステータスまで下がるんだから」

「……」

「これはすごく危険なことなの。他人にキルさせるためにモンスターへとどめを刺さないような真似が横行して、絶対に事故に繋がる。私は所詮後衛だから、いくらステータス減少覚悟でキル数を重ねても、前衛の補助まではできないわ。パーティー崩壊の危機は何度も経験した。最終的に追い出されたこともあったし、メンバーが険悪な雰囲気になって自分から出て行ったこともあった。……これは、そういうスキルなのよ」

メリナは、暗い熱を込めたような口調で言い切った。

実際に体験してきたことだからこそ、なのだろう。

ただその真剣な話を余所に、俺は――――頭の隅に引っかかるものを感じていた。

キルボーナスが、他のパーティーメンバーへ分配される？

それなら、ひょっとすると……。

「わかった？　私はパーティーを組むべき人間じゃないの。自分もパーティーの仲間も、危ない目に遭うことになる。パーティーを組んでいないと発動しないスキルだから、ボスを倒すまではこのままソロで……」

「メ、メリナさんっ!!」

突然ココルが、メリナへと大きく身を乗り出した。

目を白黒させる魔導士の少女に、神官の少女は今までの流れを完全に無視して告げる。

「わたしたちとパーティーを組んでくれませんか!?」

＊＊

「えっ、あ、あなた……私の話聞いてた??」

「聞いてました！　そのうえでお願いします！　わたしたちとパーティーを組んでください！」

「あのね……言ったでしょう。私はパーティーを組むべき人間じゃないの。私のマイナススキルのせいで、そこの剣士がもしキルをためらうようになったら、あなただって危険な目に遭うかもしれないのよ？　私だって前衛が役立たずになるのは困るわ」

「それはっ……いえ！　じゃあ、今だけ！　少しの間だけでも、試しにパーティーを組んでみてもらえませんか？　今だけ、試しに、です！」

「うーん……それなら……わかったわ。少しの間だけね」

という流れで、魔導士のメリナは俺たちとパーティーを組むことになった。

パーティー登録をする前と後とでステータスの変化を確認してみたが、本当にすべての数値が10%も上昇していて驚いた。

これだけなら本当に強力なスキルなのだが……そう都合よくはいかない。

「……で、これは今、何をしようとしているの？」

歩きながら、メリナが訝しそうに訊ねる。

今俺たちは、セーフポイントを出て、モンスターを探し二十四層を歩き回っているところだった。

ココルがキョロキョロと、周囲を見回しつつ答える。

「このパーティーで、一度モンスターを倒してみたいんです。キルする人は誰でもいいので、アルヴィンさんもその時はお願いします」

「ああ、わかった」

ココルの意図にはなんとなく想像がついていたので、俺は素直にうなずく。

「……あー。もしかして、あなたのレベル上げがしたいのかしら？　確かに私のスキルがあると、神官にもキルボーナスが入るものね。ただ……三人パーティーでも半分になってしまうから、もう少し上の層で、補助してもらいながら自分で倒した方が効率的だと思うけど」

「いえ、そうじゃないです」

言いにくそうに指摘したメリナへ、ココルは首を横に振る。

「わたしにレベリングは必要ありません。それに、たぶん……わたしにキルボーナスは入らないと思います」

「……？」

そうこう言っている間に、進行方向にモンスターが現れた。

テンタクルプラント。頭部が花になっていて、触手のように蔓を操る植物型モンスターだ。

「いいわ。任せて」

駆け出そうとする俺を、メリナが止めた。

そして、おもむろに詠唱を始める。

「――～――～――～、――～――～――～――～――～」

ココル以上に速く、滑らかな詠唱だった。

神官とは役割が違うから単純に比較はできないが、少なくとも魔法職の後衛としては同等の実力を持っていそうだ。

呪文詠唱が終わると共に、メリナが構える杖から火球が生み出され、飛翔する。

それはテンタクルプラントへと命中し、即座にその体を四散させた。

「一撃か？　すごいな」

「弱点属性を突けばこんなものよ。これでもレベルは【38】あるしね」

「……そうか」

レベル自体は、ココルはもちろん俺よりも低い。

だがソロに向かない魔導士が、ここまでレベルを上げるのに相当な苦労があったことは想像がついた。

「あ、あの……」

後ろからココルが声をかけてくる。

「メリナさんは、何属性使えるんですか？」

「メインで使ってるのは五属性で、レベル【38】の魔導士が使える呪文は全部覚えてるわ。あとはそれ以外で役に立つものをいくつか、ってところかしら」

「ええっ、そんなに!?」

ココルが驚きの声を上げる。

「すごいのか？」

「は、はい……。神官と違って魔導士は、使える呪文がずっと多いんです……とても覚えきれないくらいに。だから普通はレベルが上がるにつれ、杖の性能や持っているスキル、あとは個人の好き嫌いで使う属性を絞っていくものなんですが……」

そういえば俺を追い出したパーティーリーダーの魔導士も、レベルはずっと低いにもかかわらず三属性しか使っていなかった。

メリナが苦笑しながら言う。

「運が良いのか悪いのか、私、属性強化のスキルを五つも持っているのよ。死にスキルを作るのが嫌で、必死で呪文を覚えたのよね。それに魔導士がソロでやっていくためには、モンスターの弱点属性を突けるようになるのが一番だから」

冗談めかして言っているが、それはどれだけ大変だったことだろう。

魔導士や神官のような魔法職が使う呪文は、スキルとは違う。

レベルの上昇と共に使える技が増えていく点では、前衛職がたまに持つ【剣術】や【槍術】などの武器スキルと似てはいる。

だが決定的に異なるのは、魔法はスキルのように勝手に使えるようにはならず、自分で呪文を覚えなければいけないことだ。

呪文の内容に意味はなく、ただの音の羅列に過ぎない。それを覚え、正しく発音し、しかもできるだけ速く唱えるというのは、かなりの反復練習を積まないと難しい。

前衛に守られ、運動量も少なく楽そうにも見える魔法職だが、実態はそれだけ大変な職業であることを俺は知っていた。

メリナの場合は、それが五属性分だ。

「あっ、そ、それより……」

と、ここでココルが急に話題を変えた。

「あの……メリナさん。メリナさんのスキルのデバフって、この……《嫉妬神の呪い》ってやつですか？」

「ええ、そうよ。ステータスを見たのかしら？　私のところに、溶けたハートマークのアイコンがついてない？　ＳＴＲ（筋力）やＶＩＴ（耐久）の数値も、それで３％減少しているはずよ」

「……」

パーティーメンバーのレベルやスキル、状態異常にバフやデバフ、残りＨＰなどの簡易ステータスは、自分のステータス画面から確認することができる。パーティーを組むメリットの一つだ。

メリナは、ココルがそれを見たのだと思ったのだろう。

だが、それはおそらく違う。

少しおいて、メリナが首をかしげる。

「あれ？　でもさっき、付与演出がなかったような……」

「……一応。一応もう一戦、行ってみましょう。そ、それではっきりするはずです」

ココルが興奮で震えたような声で告げた。

＊＊

次に現れたのは、先ほどさんざん倒したエメラルドゴーレムだった。

「今度は俺もやろう」

さすがに、あれは後衛だけに任せるわけにはいかない。

ゴーレムに向かい駆け出す。

モンスターに気づかれるやいなや、すぐにその緑の巨腕が俺へと振り上げられる。

しかしそれが振るわれる寸前、ゴーレムの首元で爆発が起こった。

「!?」

ダメージが一定量を超えたのか、ゴーレムに大きな仰け反り(ノックバック)が発生する。

すぐに思い至った。メリナの援護だ。

俺はその隙を突いて、ゴーレムの首へと強烈な追撃を見舞う。そして、さらにもう一閃。

それでＨＰがゼロになったようで、エメラルドゴーレムはエフェクトと共に四散した。

今回は《物理耐性貫通》のバフなしだったが、高レベルの二人がかりならこんなものだ。

俺はメリナを振り返って言う。

「そういえば、あんたは爆裂魔法も使えるんだったな」

「まあね。無属性だけど、絶対役に立つと思って覚えたのよ」

少し得意そうに、メリナが答える。

「でも、さっきも思ってたけど……アルヴィン。あなたもいい動きするわね。ひょっとして、レベルも高いのかしら」

「そこそこな。もっとも、後ろの神官様ほどじゃないが」

「え……？」

訝しそうにするメリナから視線を外し、俺は神官の少女を振り返る。

「それで、どうだ？　ココル」

ココルは、わなわなと震えながらステータス画面を凝視していた。

そして、感極まったように言う。

「ま……間違いありません」

「……？　何よ、あなたたちどうしたの？」

「メリナさんっ!!」

ココルがいきなりメリナへと詰め寄る。

「ええっ、な、何……？」

「わたしたちとパーティーを組んでくださいっ!!」

「だ、だから、組んだじゃない、もう……」

「そ、そうでした。なら、うう……ず、ずっと一緒にいてください!!」

「はっ、はあ⁇」

メリナが微かに顔を赤らめ、目を逸らしながら口元を手で隠す。

「こ……困るわ。いきなり、そんな……それに私たち、女同士だし……」

「……はっ！　わ、わたし、アルヴィンさんと同じことしちゃってます！」

「何がだ？」

「ええと、ですからその……これからも、同じパーティーでいてほしいんです！」

「……へっ？　ああ、そ、そういう意味……だったの」

こほん、とメリナが咳払いして言う。

「驚かせないでよ、もう……。でも、どうして？　言ったわよね。私はパーティーを組むべき人間じゃないって。私がいると、どうしても戦闘職がキルをためらうようになる。事故の確率が上がって、あなたも私も危なくなるのよ」

「いいえ……それは大丈夫なんです」

「何を言っているの……？」

「まだ話していなかったと思うんですが……実は、わたしたちもマイナススキル持ちなんです。……いいですよね？　アルヴィンさん」

「ああ」

ココルは、俺たちが出会った経緯や、ここに来たわけを説明する。

メリナは、それを驚いた様子で聴いていた。

「れ、レベル【80】!?　一応、過去にそれくらいのレベルに至った冒険者は何人かいたようだけど……神官ではたぶん初めてじゃないかしら。そのマイナススキルのおかげで、そこまで上がったってことなの？」

「そうなんです。ボス戦に何度か参加したのが大きかったんだと思いますが」

「ボス戦のキルボーナスを全部独占できれば、確かにそれくらいになるかもね……。というか、アルヴィン。あなたもレベル【43】だったのね」

「ああ、俺は自分一人で上げただけだが。ソロでも数を倒さないと、ドロップ報酬が期待できなかったんだ。だから必然的にな」

「あなたも、よく冒険者になったわね。はあ……二人とも私と歳が変わらないくらいなのに、私より高レベルだったのね。てっきり、私が一番高いと思ってたのに」

「ココルはともかく、俺はあんたとそう変わらない。むしろ魔導士のソロでそこまで上げたのなら大したものだ」

それから、メリナが言う。

「それにしても、まさか二人ともマイナススキル持ちで、私と目的が同じだったなんてね。パーティーを組んでいるから、てっきり普通の冒険者なのかと思ってたけど……でもそういえば、このダンジョンで出会ったって言ってたわね。剣士はともかく、神官のソロなんて普通じゃないって、気づくべきだったわ」

メリナが続ける。

「事情はわかったけど……でも、どうしてそれが私とパーティーを組む話になるの？　同情してるだけなら、気持ちだけ受け取っておくわ。私には私のやり方がある」

「違いますっ！　わたしには、メリナさんが必要なんです！」

「……どういうこと？」

困惑するメリナに、ココルは興奮を押し殺したような声で言う。

「ステータスを……見てもらえませんか？　わたしたち全員のステータスです」

「いいけど……」

メリナが、言われたとおりにステータス画面を開く。

そして、すぐに眉をひそめた。

「あら？　どうしてかしら、私に《嫉妬神の呪い》がついてないわね。まだ時間経過で消えるには早いはずだけど……。え、待って、この経験値……もしかして、テンタクルプラントのキルボーナスも入ってる？　ど、どうしてかしら」

動揺した様子のメリナが、ステータス画面を操作していく。

おそらく、俺やココルのステータスを見ているのだろう。

「アルヴィンにもデバフのアイコンがない。さっきゴーレムをキルしたばかりなのに……。え、ココルにアイコンが二つ!? こ、これって、まさか……!」

「メリナさん。【嫉妬神の加護】のマイナス効果、もう一度言ってもらえませんか？」

「モ、モンスターをキルしたパーティーメンバーに、全ステ3％減少のデバフを付与。経験値のキルボーナスを没収して、他のメンバーに均等に分配する……」

「わたしの【首級の簒奪者】の効果は、覚えてますか」

「パーティーメンバーがモンスターをキルした場合、それを……あなたがキルしたものと、見なす……」

「そういうことなんです」

ココルがうなずいて、告げる。

「メリナさんのスキルのマイナス効果は、全部、わたしが引き受けることになるんです。だから……わたしが奪ってしまう経験値を、返せる。本来受け取るはずの、戦闘職のみなさんに」

聞いたメリナが目を見開く。

「た……確かに、そうなるわね。でも、返すと言っても、本来受け取る人に返せるわけじゃないのよ？ あなた以外のパーティーメンバーに、均等に分配されるだけだから……」

「俺は、むしろその方がいいと思うな」

顔を向けてくるメリナに、俺は続ける。

「キルの功績は一人のものじゃない。さっき俺が倒したエメラルドゴーレムだって、あんたの援護が大きかっただろう。モンスターはパーティー全員で倒すものだ。それなのに……キルボーナスがもらえるのは倒した奴だけ。こっちの方がよほど理不尽じゃないか？　キルの横取りが揉め事の元になることくらい、あんたなら聞いたこともあるだろう」

「……そうね」

メリナが、溜息と共に言う。

「その代わり、ココル。あなたには絶対にキルボーナスが入らなくなるけど……あなたは、それでいいと言うのでしょうね」

「はい！　神官は元々モンスターを倒す職じゃないですし、それにわたしはレベル【80】です！これ以上経験値なんて必要ありません！」

ココルが力強くうなずく。

「だから、メリナさん！　ぜひパーティーを……」

「でも、ダメよ」

その言葉を、メリナが遮った。

「忘れた？　私のスキルにはもう一つ、デバフの効果もある。本当だったら戦闘職全員に少しずつ付与されるそれを、あなたがすべて引き受けることになるのよ。危険だわ」

「そんなの、全然平気です！　わたし、レベル【80】あるんですよ？　たとえステータスが半分になっても、普通の神官より上です。少しくらいのデバフなんてどうってことないです！　それに

「……見ててください」

そう言うと、ココルは詠唱を始める。

やがて微かなエフェクトと共に、ココルのステータス表示からデバフのアイコンが消え去った。

神官の少女は胸を張って言う。

「どうですか？　付与効果消去(クリアー)の魔法です！　デバフが重くなってきたら、これで消すことだってできるんです」

「……それって、自分へのバフまでまとめて無効にするやつじゃない。それに詠唱も長いし、戦闘中には使いづらいわ」

「それがどうかしたんですか？　わたしだったら、合間を見つけて使うことくらい簡単です。その辺の神官と一緒にしないでください」

ココルの言葉に、メリナも俺も面食らう。

それは一見気弱そうな彼女には珍しい、強い言葉だった。

「もしそんな余裕がなくても、回復職(ヒーラー)としての仕事は必ず果たします。ＷＩＳ(魔力)が下がれば治癒(ヒール)の効率は落ちますけど、ＭＰには影響がないようなので上位の治癒魔法で代えられます。バフだって切らしません。絶対に、普通の神官以上の働きをして見せます」

「……どうして」

メリナが、気圧(けお)されたように言う。

「どうして、そこまで……。私がパーティーに入ったって、あなたにはデメリットしかないじゃない。キルボーナスがもらえなくなって、デバフまでかかる。なのに、どうして」

「……わたしはもう、誰かに迷惑をかけるのが嫌なんです」

ココルがうつむきがちに答える。

「神官は貴重で、回復職(ヒーラー)はパーティーに必須だから、わたしはこんなスキルを持っていても、これまで入るパーティーに困りませんでした。でも……どこのパーティーでも、わたしは邪魔者だったんです」

「……」

「戦闘が終わってステータスを開いて、溜息をつかれる気分がわかりますか？　パーティーの中で一人だけレベルが上がっていくのは、本当に肩身が狭かったです。そして最後は、自分よりもレベルも実力も低い神官に、パーティーでの立場を奪われる……。仕方ないことだとはわかっています。でも、せっかく声をかけてくれたアルヴィンさんにも、いずれ同じ目を向けられるんじゃないかと思うと怖かった」

「……」

「それに比べたら、デバフなんて全然大したことありません。だってそれは、わたしがどうにかできることじゃないですか！　奪ってしまった経験値はどうやっても返せませんけど、ステータスの低下は工夫次第でなんとかなります。そっちの方が……ずっと楽です」

そこでココルは顔を上げ、気弱げに笑った。

「それに……なんだか、運命な気がするんです」

「え……？」

「【嫉妬神の加護】って名前ですよね、メリナさんのマイナススキル。わたし、他の神官に嫉妬ばかりしていましたから……。どうしてわたしじゃなくて、あの人なんだろう、って。わたしの方がレベルも高いし、冒険者（プレイヤー）スキルもある。呪文もたくさん覚えているはずなのに、どうして……って」

「……」

「あはは、変な話しちゃいました……。でも、メリナさんが必要なのは本当です。お願いします、一緒にパーティーを組んでください!!」

そう言って、ココルが頭を下げる。

メリナが、迷うように視線を泳がせる。

「でも、それは……」

俺には、どちらの気持ちも想像できた。

とりあえず、また助け船を出した方がいいだろう。

「メリナさん。今、せっかくパーティーを組んでいるんだ。どうせならもう少しこのまま、ダンジョンを進んでみないか？」

「え……？」

「少なくとも、今のところこのパーティーに問題はない。あんただって、ソロよりは安全に動けるだろう。いずれもっと下へ進むつもりだったのなら、今は俺たちを利用すると思ってくれればいい。後のことは、ここを出てから考えればいいさ」

「それは……そうかもしれないけど……」

メリナはしばらく迷うように押し黙っていたが――やがて小さく笑みを浮かべ、根負けしたように言った。

「……わかったわ。短い間になるかもしれないけど、よろしくね。二人とも」

「わぁっ！　は、はい!!」

「ああ。こちらこそよろしく頼む」

ココルが満面の笑みで、困ったような表情のメリナの手を握っている。

ひとまず、これでいいだろう。

そして、何気なく現在地を確認しようと、ステータス画面を開いたその時――俺はふと、ダンジョンの壁に文字が書かれていることに気づいた。

近寄って見てみる。どうやら、また思わせぶりな原典（フレーバー・テキスト）のようだ。


〝大剣を振るう剣士の膂力（りょりょく）は、いずれ衰える。〟

〝千里を見通す弓手の鷹の目は、いずれかすむ。〟

〝だがその░░は、░░てなお研ぎ澄まされる。〟


「ねえ。アルヴィン」

いつの間にか、メリナがココルと共に隣に来ていた。

「あなたは、ボスを倒すつもりなのよね」

「ああ」

「ドロップアイテムは……どうするの？」

メリナの言葉は慎重だった。

おそらく、この中の誰がマイナススキルを消せることになるのか、心配しているのだろう。

俺は答える。

「俺は大丈夫だと思っている。小規模ダンジョンとはいえ、ボスドロップが消耗品だとは考えにくい」

「何度でも使えるものだろうって？」

「そうだ」

「私は……そうは思えないわ」

メリナが静かに言う。

「考えてもみて。もしそれが無限に使えるアイテムなら、世のマイナススキル持ちは全員スキルを消せることになる。使用料を取ればお金だって稼ぎ放題よ。そんな都合のよすぎるアイテムが存在するとは思えないわ」

「それは……確かに、そうだな」

言われて、俺は自信がなくなってくる。

ダンジョンで得られるアイテムは、必ずバランスが取れているものだ。

強力な武器は、数が少ない。

有用な素材は、珍しいモンスターが、まれにしかドロップしない。

そして、死人を生き返らせたり、どんなモンスターでも一撃で倒せたり、無限の富を生むようなアイテムは、存在しないと言われている。

その観点からすると、俺の予想は間違いである気もしてきた。

しかし、メリナが続けて言う。

「でも、あなたの言うことも一理ある。さすがにスキルを一つ消すだけのアイテムがボスドロップのメインとは、ちょっと考えにくいわ。だから……消耗品だけど、パーティーメンバーの数だけドロップする。これならありそうじゃない？」

「それなら……！」

「ええ。私たちみんな、マイナススキルを消せるかもね」

「よくわかんないですけど、大丈夫ってことですよね！　それじゃあがんばりましょう！」

ココルが明るい声で、手のメイスを上に掲げる。

魔導士のメリナを加え三人パーティーとなった俺たちは、ダンジョンの更なる深層へ向かい歩き出した。

メリナの場合

「わたしたちとパーティーを組んでくれませんか!?」

ココルという神官の少女にそう頼まれた時、メリナは思わず困惑してしまった。それから、この子は自分の話を聞いていなかったんじゃないかと思った。

メリナが落日洞穴に挑もうと決めたのは、純粋に今後を考えてのことだった。

冒険者は、組んでいるパーティーの人数が少なければ少ないほど、事故——つまり、不運が重なっての死に繋がりやすいと言われている。六人よりも四人。四人よりも二人。そして二人よりも、一人の方が。

当たり前だが、メリナは死にたくなかった。

魔導士は特に、ソロに向かない職業だと言われる。その火力と引き換えにVIT(耐久)もHPも低くなりがちで、攻撃の際にはどうしても呪文詠唱という隙ができる。

この職を選んでしまったのは、彼女最大の失敗だった。

マイナススキルのことを知らなかったわけではない。スキルの効果は説明文に書いてあるし、一度試して仕様の確認もしている。そのうえで、問題はないと判断した。一度に出現するモンスターの数、一人あたりの平均討伐数、《嫉妬神の呪い》消滅までの時間……様々な要素を考慮して、マイナススキルのデメリットよりも、自分の持つ大量のスキルのメリットの方が、パーティーにとって大きくなるだろうと予想した。何より他のスキルと嚙み合っており、学園で学んだ呪文の知識も生かせる。魔導士こそ、自分に最適な職だと思った。

メリナにとっての想定外は、自分以外の冒険者だった。

彼らは、メリナの予想をはるかに超えて――【嫉妬神の加護】のデメリットを嫌がった。

わずかにも自分のパラメーターが下がると、途端に気勢が鈍る。経験値が他人に渡ることを嫌い、スキルの前に手を止める。そして下がる前のステータスや、本来得るはずだった経験値を惜しみ、その感情をメリナにぶつけてきた。事前にすべて同意のうえで、パーティーを組んだはずなのに。

デバフの影響が実際には少ないことや、パーティーで得られる経験値の総量が変わらないことを、どれだけ説明してもダメだった。しかもステータスの10%上昇効果や、回復職(ヒーラー)にも経験値が回るようなメリットは、まるで存在しないかのように扱われた。

何のことはない、冒険者とは愚かなものだったのだ。メリナが考えていたよりも、ずっと。

皆自分ほどには、合理的に行動していないようだった。

とはいえ、それに憤ったところで状況は変わらない。それならそれでなんとかしようと思う程度には、メリナは賢明だった。

そして、魔導士のソロでも比較的安全に狩れるポイントをいくつか見つけ、レベルも順調に上がり出した頃――その噂を耳にした。

なんでも、落日洞穴というダンジョンのボスは、スキルを消すアイテムをドロップするという。

迷った末、メリナはそのダンジョンに挑もうと決めた。

そこまで切羽詰まっていたわけではない。でも、いつか起こるかもしれない事故が怖かったし、何より仲間と共にもっと上を目指したいという気持ちが、メリナにもあった。

有り体に言えば、変化を求めていたのだ。

そうと決めてから、メリナは着実に落日洞穴攻略の準備を進めていった。可能な限り思わせぶりな原典（フレーバー・テキスト）を集めた。中層深部の地図にでたらめがあるとわかってからは、慎重を期したうえで自分でマッピングすることにした。やがて手頃な狩り場を見つけて、将来助っ人を雇うためにお金稼ぎも始めた。

二人に出会ったのは、そんな矢先だった。

「おーいっ!!　生きてるか!?　いくらかこっちで受け持つから踏ん張れっ!!」

落日洞穴は過疎ダンジョンだ。

だから、まさかここで他の冒険者に会うとは思わなかった。

「誰よっ？　こっちは大丈夫だから!!」

慌てて叫び返すが、どうやら聞こえていないようだった。しかもこちらがピンチだと勘違いされているのか、せっかく集めたエメラルドゴーレムが次々に倒されていく。

仕方なく、自分の側からもさっさとゴーレムを処理していき——そして、二人と対面した。

一人はアルヴィンという、少し年上に見える赤毛の剣士。

もう一人はココルという、自分と同じくらいの神官の女の子だ。

ハメ狩りの最中だったことを説明すると、二人は申し訳なさそうに謝ってきた。

「それは……悪いことをした」

「いいわ。あそこの情報は出回ってないし、紛らわしかったわね。気にしないで」

怒っても仕方ない。それに、彼らは助けようとしてくれたのだ。こういう冒険者が増えた方が、いずれ本当の危機にも助けてもらえるかもしれない……という打算もあったが、単純にいい人たちのことを無下にしたくなかった。

それから、少し話をした。

冒険者同士で情報交換することはよくある。だけどこの二人とは、年が近いこともあってなんでもないことでも話しやすかった。

マイナススキルのことを話したのは、ただ気が向いただけだ。

話して、何か意味があるわけではない。パーティーを組めない以上、手伝ってくれるわけもない。

ただ、自分の話を誰かに聞いてほしかった。

しかし……、

「わたしたちとパーティーを組んでくれませんか!?」

なぜか、ココルから熱烈な勧誘を受けてしまった。

紆余曲折を経て詳細を聞くと、どうやら二人もマイナススキル持ちで、自分と同じ目的でこのダンジョンに来たと言う。

噂が噂だけに、そういうこともあるのだろうと思ったが……ココルはさらに、衝撃的なことを言う。

「メリナさんのスキルのマイナス効果は、全部、わたしが引き受けることになるんです。だから……わたしが奪ってしまう経験値を、返せる。本来受け取るはずの、戦闘職のみなさんに」

まさかそんな理由で自分のマイナススキルが求められる日が来るなんて、夢にも思わなかった。

しかも。

「でも、返すと言っても、本来受け取る人に返せるわけじゃないのよ？　あなた以外のパーティーメンバーに、均等に分配されるだけだから……」

「俺は、むしろその方がいいと思うな。キルの功績は一人のものじゃない。さっき俺が倒したエメラルドゴーレムだって――」

ココルだけではない。アルヴィンの方も、【嫉妬神の加護】のマイナス効果に価値を見出してくれていた。

ステータスや戦闘力だけではない。言葉や考え方からもわかる。この二人はどちらも、相当に実力のある冒険者だ。

でも、どういうわけか……二人の提案に、素直にうなずくことができない。

「……どうして」

思わず、そう口にしてしまう。

メリナは不安だった。

「……わたしはもう、誰かに迷惑をかけるのが嫌なんです」

ココルが、自分をパーティーに誘ったわけを説明してくれる。

それはとても、納得のいく理由だった。

感情の問題だったが、その感情も含めて合理的だ。この子は、自分の快不快を元に、道理に合わないことをわめくような人間とは違う。

不安の原因は、この二人ではない。

自分だった。

単純な話だ。また自分が原因でパーティーが危険に陥り、追い出されるのが怖かったのだ。

それが起こらないと、ココルもアルヴィンも丁寧に説明してくれた。しかしいくら納得しようとしても、不安な感情は消えない。何度も何度も、何度も何度も、これまで同じことが起こってきたから。前提が変わっても、また同じことになるんじゃないかと、つい考えてしまう。

まったく合理的ではなかった。

思っていた以上に、何度もパーティーを追い出された経験は、自分の中で応えていたようだった。

「メリナさん。今、せっかくパーティーを組んでいるんだ。どうせならもう少しこのまま、ダンジョンを進んでみないか？」

それでも自然と、アルヴィンのそんな提案にうなずいてしまったのは——やはり変化を求めていたからだろうか。

あるいはもう少しこの二人と、冒険を続けたいと思ったからかもしれない。

メリナはちらと、隣を歩くココルを見る。神官の少女はどこか機嫌良さそうに、水色の髪を揺らしながら歩みを進めている。

思わず口元に、微かな笑みが浮かんだ。

理由なんてなんでもいい。あの提案を受け入れてよかったと、メリナは思った。

【嫉妬神の加護】

パーティーメンバー全員の全ステータスを
10%上昇させる。
パーティーメンバーがモンスターをキルした場合、
その者の全ステータスが3%減少し、
経験値ボーナスがその者を除いた
パーティーメンバー全員に均等に分配される。

Jealousy blessing

【ミイラ盗り】

Mummy robbery

「悪い！　一匹抜けた！」

「いいわ。任せて」

アイスゴーレムの攻撃を止めながら叫ぶと、メリナが後方で答えた。

詠唱と共に雷属性魔法の光が奔り、後ろへ抜けていたアクアサラマンドラの一体が四散する。

メリナの魔法には今、自分の【属性強化】スキルに加えて、ココルの《属性強化》バフまで乗っている。深層のモンスターでも弱点属性を突かれればこんなものらしい。

俺たちのパーティーは、落日洞穴の三十二層にまで到達していた。

ダンジョンの三十層より下は、深層と呼ばれる領域だ。

出現するモンスターはますます強力になり、ここに安定して潜れれば上級者と言われるようになる。俺でも、ソロならばこの辺りが限界だ。

しかし、今はバランスの取れた三人パーティーの一員という立場。

人数はやや少ないが、平均レベルを考えるとまだまだ余裕という手応えだった。

「ふう」

アイスゴーレムを倒し終えた俺は、剣を納めて一息つく。

「お疲れさま。……どうしたの？」

「……いや」

散らばったドロップアイテムを前に険しい表情をしていたせいか、メリナが声をかけてきた。

俺は考えていたことを答える。

「思っていたより、深いダンジョンだと思ってな」

小規模ダンジョンは、中層にボス部屋があることも多い。

ここ落日洞穴も、てっきりその程度のダンジョンかと思っていたのだが、予想が外れた。

俺一人だったら、ここまでたどり着いた時点で引き返していただろう。深層のボスにソロで挑むのは、無謀を通り越して自殺に等しい。

「……そうね。中ボスもいないし、私ももっと浅い層にボス部屋があると思ってたわ」

「あの、アルヴィンさん」

ドロップを回収していたココルが、俺に心配そうな顔を向ける。

「アルヴィンさんの負担が大きいようなら、一度上の層に戻りますか？　ここだと、セーフポイントがいつ見つかるかわかりませんし」

ココルの言う通り、俺はこの階層の地図を持っていなかった。

そもそも出回っていないようで、入手できなかったのだ。だから今は、マッピングをしながらダンジョンを進んでいる。

幸い一層あたりはそう広くなく、迷うような地形でもなければ妙なギミックもないので、問題なく進めてはいる。

確かに、セーフポイントがわからないのは不安ではあった。

しかし、俺は首を横に振る。

「俺なら大丈夫だ。レベル的にもまだソロで潜れる階層だしな。先へ進もう」

「そうですか？　前衛一人だと、やっぱり大変かと思うんですが……」

「後衛がいるだけずっといいさ。回復とメインの火力があるから、一人よりもはるかに楽だ」

「ううん、それならいいですが……」

「アルヴィンもそうだけど、ココル。あなたも無理してない？」

メリナに言われ、ココルはぽかんとした表情を浮かべた。

「えっ、わたしですか？　わたしはまだ、大したことしてませんよ。治癒(ヒール)も状態異常回復(キュアー)もほとんど使ってませんし、《嫉妬神の呪い》も一回二回の戦闘じゃ気にならないですし」

「バフをかけてくれているでしょう。あなたのことだから、MPは大丈夫なのでしょうけど」

ココルは深層についてから、これまで以上にバフを重ねがけしてくれていた。

ただ【80】というレベルに加え、【MP増強・中】【MP回復速度上昇】のようなスキルのおかげで、MP残量に関しては全然余裕らしい。

「でも、かなり神経使ってない？　こんなに何種類も切らさないようにするのは大変じゃないかしら」

「へへ、そこは慣れですよ。神官なら当然です！」

「ココルのバフって、妙に長いよな。それも何かスキルの効果なのか？」

俺がそう言うと、メリナが訝しげな目を向けてきた。

「何言ってるの？　別に、長さは普通だと思うけど」

「あ、え、えーっと、まあいいじゃないですか！　わたしは平気です。早く次のセーフポイントを見つけましょう」

そう言って、ココルが俺とメリナの背を押す。

急造パーティーの三人組は、三十二層をさらに進んでいく。

＊＊

「それにしても、このダンジョンも変わっているわよね」

ドロップアイテムである『マーマンの涙』をストレージに収納している時、後ろでメリナがふと呟いた。

二足歩行の魚人型モンスターであるマーマンは、ごくまれにこの白い宝石を落とす。

「変わってるって？」

「階層によって、出現するモンスターが全然違うでしょう？　少し上だと植物型モンスターばかりだったのに、今は水や氷属性のモンスターしか出ないじゃない。こういうダンジョン、あまり聞かないわ」

「……そうだな」

一応、ないこともない。

下へ行くにつれて闇属性が増えたり、属性の種類が幅広くなるダンジョンなどは、むしろそれほど珍しくもなかった。

ただ、こんなに何度も変化し、しかも法則性がわからないダンジョンは俺も他に知らない。

「かと言って何かギミックがあるわけでもないし。不気味だわ」

「ギミックは、あるダンジョンの方が珍しいからな。だけど俺も気になっている」

「うーん……」

メリナが首をひねって唸る。

どうでもいいが、ココルと並んでもさらに小柄なメリナが難しいことを言っているのは、なんだか子供が背伸びしているみたいでかわいらしかった。口にしたら絶対怒るだろうが。

俺がそんなことを考えていた時。

「あ、あの……アルヴィンさん、メリナさん。何か聞こえませんか……？」

「ん……？」

辺りを見回していたココルに言われ、耳を澄ます。

確かに、聞こえる。

しかも近づいてきている。

「後ろからだ。何か来る」

俺は二人の前に出る。

隠れる場所はない。後衛の壁になるのは前衛の役目だ。

やがて、それが見えた。

モンスター……マーマンの群れだ。

鱗の生えた魚頭の人型モンスターが、何体もの集団でこちらに迫ってきている。マーマンはゴブリンのように群れで現れることもあるモンスターだが……規模がかなり大きい。

群れは、人間を追っているようだった。

冒険者。装いを見るに盗賊職だろうか。小柄な人間が一人、群れの方を注視しつつこちらに逃げてくる。

当たり前だが、ソロで対処できる数ではない。

そしてメリナの時のように、ハメのために引っ張ってきているという様子でもなかった。

逃げる冒険者が、ふとこちらに気づいて目を見開く。

「うげっ、わーっ！　逃げて逃げて！」

「今さら逃げられるかっ」

盗賊や斥候(せっこう)職でもない限り、ここからモンスターのターゲットを振り切るのは無理だ。

剣を抜くと、メリナが前に出て言う。

「まず私にやらせて。ココル、バフをお願い。雷属性で」

「は、はいっ」

「おーい、そこの盗賊！　合図したら脇に避けろ！」

逃げてくる冒険者がこくこくとうなずくのが見えた。

あえて杖を下げ、詠唱を始めるメリナ。

それが振り上げられた時、俺は叫ぶ。

「今っ！」

盗賊が横に飛び、ダンジョンの壁に張り付く。

次の瞬間、メリナの杖から雷魔法の閃光がいくつも飛び、群れの中へと突き立った。何体ものマーマンが一撃で四散し、エフェクトと共にアイテムやコインを散らす。

俺は思わず呟く。

「すごいな。かなり減ったんじゃないか」

「レベル【35】の時に使えるようになった呪文だし、ココルのバフもあったからね。じゃああとは、これまで通りでいいかしら」

「ああ」

俺は剣を構える。

「これまで通り行こう」

そのまま、マーマンの群れに接敵する。

大した相手じゃない。特に問題なく倒しきれるだろう。

剣が振られ、魔法が飛び、マーマンはドロップを残して次々に散っていく。

「……」

ふと視線を向けると。

例の盗賊が壁に手をつけたまま、俺たちのことをじっと見ていた。

＊＊

マーマンの群れを無事殲滅し終えた後。

俺たちは件の盗賊の案内で、ここ三十二層のセーフポイントへとたどり着いていた。

「いやー、ごめんね！　助かったよー」

地面に座り込んだ目の前の冒険者が、ニコニコ笑いながら言う。

「うっかりあのおっきな群れを引っ掛けちゃってさー。適当なところでタゲを振り切るつもりだったんだけど、迷惑かけちゃったね。あ、ボクはテト。見ての通り盗賊だよ」

その盗賊はテトと名乗った。

少し長めの黒髪に、やや高い声、中性的な顔立ちをしていてどちらか迷ったのだが……名前と口調からするとどうやら少年だったらしい。

十代半ばくらいだろうか。ココルやメリナよりも年下、俺が冒険者になったくらいの歳とそう離れていないように見える。

俺は首を振って答える。

「気にしなくていい。冒険者なら困った時はお互い様だ。俺はアルヴィン。剣士だ。こっちは神官のココルに、魔導士のメリナ。このダンジョンで出会って、臨時のパーティーを組んでいる」

「へー、臨時の？　まあそういうこともあるよね。それにしてもお兄さんたち強いねー。もしかして、全員ソロでも深層に潜れるような人たち？」

「俺はそうだが……」

「私は何度か行った程度ね。事故が怖いから普段は避けてるわ」

「わ、わたしは、一人で潜ったことはありません……まだ」

とはいえ、二人ならたぶんソロでも問題ないだろう。

テトはニコニコと言う。

「魔導士で行けるだけでもすごいよー、ソロに向かない職なのに。神官のお姉さんは、そりゃそうだよね。回復職（ヒーラー）がソロで深層なんて行く意味ないし。でも上級神官だなんてかっこいいな。そしてお兄さんは、やっぱり慣れてる人だったんだね。三人しかいないけど、かなりの高レベルパーティーだったんだ」

「言われてみればそうだな」

ココルのおかげで、このパーティーの平均レベルは俺のレベル以上に高い。

思えば、身の丈以上のパーティーに入るなんて初めてかもしれなかった。いつもは弱小パーティーに潜り込み、レベル上げの手伝いとかそんなことばかりしていたから。

俺は訊ねる。

「そういうあんたは一人なのか？」

「ん？　そうだよ」

「こんな場所で何をしていたんだ？」

「何って、盗賊職がソロでやることと言ったら決まっているじゃないか。宝箱漁りと、たまに経験値稼ぎだよ」

テトが笑いながら言う。

ステータスに表示される職業は、その種類によって受ける恩恵が変わる。たとえば剣士なら、パラメーターのうちＳＴＲ（筋力）などが増加し、剣属性武器の攻撃力が上がる。魔導士や神官なら、ＭＰとＷＩＳ（魔力）が増加し、攻撃魔法や治癒魔法が使えるようになる。

これが盗賊だと、ＡＧＩ（敏捷）が増加し、ナイフや投剣系武器の威力が上がると共に、解錠アイテムの成功率が大幅に上昇する。

宝箱は深層ほどいいものが入っているが、その分鍵が掛かっていることも多くなる。他の職業は高価な解錠アイテムに頼るしかないため、深層の宝箱は半分以上が盗賊職の独占状態だった。

ドロップに頼らずとも採算が見込め、それなりに戦闘力もあり、大量のモンスターにターゲットを取られても高いＡＧＩ（敏捷）で振り切れる。それゆえ、盗賊職はもっともソロに向いた職業だと言われていた。実際、テトの言うようなスタイルも珍しくない。

「ボク、こう見えてもそれなりにレベル高くてね。このくらいの階層なら全然余裕なんだ」

「確かに、マーマンも普通に倒していたな」

途中からテトも戦闘に参加していたが、投剣やナイフの扱いも熟達しているようだった。ずいぶんと高そうな武器を使っていたのを覚えている。それだけ実力があるのだろう。

ただ……、

「だが、なぜこのダンジョンに？　もっとソロに向いたいい場所があると思うんだが……」

「まあね。でもそういう場所は人気だから、回収できる宝箱の数も限られるんだ。ここは人がいないし、小規模な割りに深層まである。意外と穴場なんだよ」

「そうなのか」

俺は納得する。

同じソロでも、どうやら剣士と盗賊では事情が違うらしい。

「てっきり、あんたもマイナススキル持ちなのかと思ったよ」

「マイナススキル？　ああ、お兄さんたちもしかして、あの噂を信じて来たの？」

「噂？」

俺が訊き返すと、テトはまるで与太話を語るように言う。

「ここのボスが、スキルを消すアイテムをドロップするってやつ。あはは っ、そんなわけないのにね」

「どういうことよ」

メリナがむっとしたように問い詰める。

「私はここのテキストの大半を確認したと思うけど、少なくともその解釈が間違いとは思わないわ。どうしてそう言い切れるの？」

「簡単だよ。前例がないからさ。ボクは盗賊だからそれなりにアイテムに詳しい自信があるけど、他に似たようなアイテムは聞いたことがない。アイテムどころか、スキルや魔法にだってそんな効果のものはないでしょ？　仮にそんなアイテムがあったとしたら、激レアだよ。こんな小規模ダンジョンでドロップするとは思えない」

「……パラメーターを下降させるアイテムはあるし、バフの中には、物理耐性貫通のような疑似スキルを付与させるものだってあるじゃない。逆があっても不思議はないわ」

「それ、全部一時的なものでしょ？　ステータスをいじって永遠にそのまま、なんてアイテムは、やっぱりないと思うなー」

テトは笑いながら言う。

「もしかして、お姉さんはマイナススキルを持ってる人だった？　だったら残念だけど、変な期待はしない方がいいよ。いくらレベルが高くても三人でボスは厳しいだろうし、もうこの辺で引き返したら？」

「……」

メリナは、憮然として押し黙ってしまった。

彼女のことだ。機嫌が悪くなったというより、テトの言うことにも一理あると思ってしまったのかもしれない。

とりあえず、俺は口を開く。

「テトさん。忠告はありがたいが、俺たちはこのまま進むことにするよ」

聞いたテトが、笑みをわずかに薄める。

「ふーん……なんで？」

「俺たちは全員、そのボスドロップが目当てでこのダンジョンに潜ったんだ。その程度の可能性であきらめられるものじゃない」

テトは薄い笑みのまま、どこか諭すように言う。

「お兄さんたちはたぶん知らないと思うけど……このダンジョン、四十層まであるんだよ。当然、ボス部屋もそこにある」

四十層。

それは想定していたよりも、ずっと深い階層だった。

完全に中規模ダンジョンレベルの深さだ。俺もソロではとても潜れないし、ましてやボスともなれば、最低でも同レベル帯で四人以上のパーティーを組む必要が出てくる。

「いくらレベルが高くても、三人じゃあ難しいと思うな。やめておいた方がいいよ」

「それでも……引き返そうとは思わない。確かに想定よりも深い階層ではあった。だから今回の冒険でそのままボスに挑むかはわからないが……少なくともボス部屋に入って、属性や攻撃パターンを確認するくらいはしておきたい。次に万全の態勢で挑むために」

ちらと後ろを見ると、ココルとメリナがうなずいていた。

彼女たちだって、このくらいであきらめようとは思わないだろう。

「……ふーん……どうしても行くつもり？」

「ああ」

「はぁー……わかったよ」

と、そこでテトが立ち上がり、仕方なさそうに言う。

「しょーがないな。じゃあボクが、ボス部屋の前まで連れてってあげるよ」

「えっ」

「お兄さんたち、ここから下はマッピングしてないでしょ？　案内してあげる。ボクは一度行ったことあるし、出るモンスターも知ってるから、効率よく進めるよ。ボスの前に消耗したくないでしょ？」

「それは……助かる」

「いいよ。ちょうどこの辺の宝箱は回収し終わったからね。あ、そうそう――はい、これ飲んで」

と言って、テトがストレージから小瓶を四つ取り出し、差し出してくる。

中には黄緑色の液体が揺れていた。

何かのポーションのようだが……。

「毒耐性を付与するポーションだよ。猛毒まで防げるやつ。ここから下は毒モンスターが出てくるから、使っておいて」

「あのう、毒耐性なら、わたしのバフでも……」

「お姉さんがＭＰ使うことになっちゃうし、バフだとすぐ切れるでしょ？　これは何時間も保つから」

「ありがたいが……いいのか？」

「うん。迷惑かけちゃったお詫び」

テトは俺たちに小瓶を一つ一つ手渡すと、残った一つを自分であおる。

「さ、行こう」

俺たちは顔を見合わせ、立ち上がった。

ボスの階層やドロップのことなど、懸念はできてしまったものの、運が良い。マッピングをせずとも道やセーフポイントの位置がわかるのは素直にありがたかった。

そんなことを考えながら、俺は耐毒ポーションをあおり――――、

「……っ!?」

その直後、地面に倒れ込んだ。

足が動かない。起き上がろうにも、手もつけない。できるのはわずかな身じろぎ程度で、まるで全身の感覚がなくなったかのようだった。

混乱しながらも、俺は、何が起こったのかだけは理解できていた。

視界の隅に、一瞬文字が映ったからだ。

《状態異常：麻痺》。

＊＊

「あははっ、お兄さんたちもバカだなー。盗賊の出したものを素直に飲むなんて」

口の端を吊り上げた笑みで、テトが俺たちを見下ろす。

「な……」

問い返そうにも、口がほとんど動かず声が出せない。

俺の視線に気づいたテトが、手に持った空の小瓶を揺らす。

「ああ、これ？　ボクが飲んだやつだけは本物の耐毒ポーションだよ。お兄さんたちに渡したのはねー、『ライムトードの麻痺液』っていうアイテムなんだ。色がよく似てるでしょ」

そう言って、小瓶を放り投げる。

頭をわずかに動かし後ろに視線を向けると、メリナも同じく倒れているのが見えた。ここからだとココルの様子は見えないが、空の小瓶が二つ転がっているところを見るに、彼女も麻痺液を飲んでしまったようだ。

「さーて。ここから盗賊がやることと言ったら、決まってるよね。お兄さん、ちょっと手借りるね」

テトは俺の手を取ると、指を動かしてステータスを開いた。

そのままストレージの内容を表示し、アイテムの一覧をスクロールしていく。

「うーん、と言っても、今ボクの手持ちもけっこうふさがっちゃってるんだよねー。盗賊職はアイテム集めに向いてる割りに、運搬上限は並みだからなー。まさかこんなことになるなんて思わなかったし……あ、でもけっこういいアイテム持ってるねー」

テトの独り言と共に、虚空から現れた俺のポーションや予備の装備品などが、ぼとぼとと地面に落ちて転がる。

と、その時。

俺は倒れ伏した地面から、微かな振動を感じ取った。

ステータス画面の操作に夢中なテトは、気づかない。

「よし、お兄さんはこんなもんかな。じゃあ次は魔導士の……」

テトが顔を上げた、その瞬間。

盗賊の頭に、メイスが思い切り振るわれた。

「いっ!?」

テトが地面に倒れ込む。

だが隙を作らぬうちに素速く体勢を立て直すと、相手に向けてナイフを構えた。

しかし、その表情には明らかに動揺が浮かんでいる。

「はは、お姉さん……なんで動けるのかな」

「言ってなかったと思いますが」

メイスを提げたココルが、静かに答える。

「わたし、【麻痺耐性・大】のスキルを持っていますので」

俺は思い出す。

ココルに見せてもらったステータス画面にそのスキルがあったかは覚えていないが――少なくともイエローゴブリン・アーチャーの麻痺矢を受けても、ココルは普通に戦闘を続けていた。

「へ、へぇ……いいスキル持ってるね」

テトが引きつった表情で言う。

「もう一つ訊きたいんだけど……ボク、なんでこんなにＨＰ減ってるのかな」

「わたしのレベルが【80】だからです」

テトが目を丸くして、唖然としたように口を開ける。

「は……80!?」

「わたしは神官ですけど、きっとあなたよりもＳＴＲ（筋力）は高いですよ。どうしますか？　盗賊さん」

ココルの声を聞きながら、俺は倒れたままで顔を伏せた。

なんだか、ココルが怖い。今までの彼女じゃないみたいだ。

「その残りＨＰで、わたしと勝負してみますか？」

「うぐっ……」

テトの呻（うめ）き声が聞こえる。

テトからすれば盗賊職の恵まれたＡＧＩ（敏捷）で逃げ出したいところだろうが、セーフポイントの出入り口を塞ぐようにココルが立っているので、それも難しい。

少し置いて、ナイフが床に落ちる乾いた音が響いた。

「あー、もう！　降参降参！　そんなの反則だよ、もう」

「あなたにだけは言われたくありません」

投げやりに武器を手放したテトから目を離さないまま、ココルが詠唱を始める。

今までで一番速い詠唱だった。

呪文が唱え終わると、光が通り抜けていくような感覚と共に、体が動くようになる。

状態異常回復（キュアー）の効果だ。

「メリナさんかアルヴィンさん。ロープのアイテムを持ってませんか？」

ココルが、振り返りもせずに言った。

「この人を捕まえておこうと思います」

＊＊

「この人はギルドに突き出しましょう！」

頭にこぶを作り、ロープのアイテムで縛られたテトの前で、ココルが激しい口調で言う。

「他の冒険者を襲うソロの盗賊なんて、このままにしておけません！　残念ですけど、帰還アイテムで一度戻るべきです。ここにはまた来ればいいです！」

「……そうね」

メリナも、溜息をつきながらうなずく。

「少なくとも、これ以上冒険は続けられないわ。こいつを野放しにはできないし、かと言って、ダンジョンの真ん中にこのまま放り出していくのも寝覚めが悪いものね」

「へぇ。やさしーねー、お姉さん」

おどけたように言うテトを、メリナが横目で睨む。

「別に、そうしてもいいのよ？　あなたをギルドじゃなく、このままマーマンの群れの前に突き出しても」

「おいメリナ、それは……」

「アルヴィン。思えばあの時、私たちはモンスターＰＫを仕掛けられていたのかもしれないわ。このパーティーだったから普通に倒し切れたけど、平均レベルが低い三人パーティーなら危なかった。こいつはただの泥棒よりたちが悪いかもしれない」

「……」

冒険者が、同じ冒険者を殺す。

それは冒険者殺し（プレイヤー・キル）と呼ばれ、様々な手法が存在していた。大量のモンスターを引っ張ってきてターゲットを他人に押しつけるモンスターＰＫも、その一つだ。

もちろん、どんな手法であれＰＫは重大な禁忌だ。

「ひどいなぁ。あれは本当に事故だったんだよ。お姉さんたちがいてボクだってびっくりしたんだから」

「あなたの言うことは信用できません。アルヴィンさん、いいですか？」

ココルが自分のストレージからアイテムを取り出す。

丸まった羊皮紙。『記憶の地図』という、ダンジョンのどこにいても入り口まで帰還できる、高価なアイテムだ。

深層まで潜る冒険者なら、誰もが一つはストレージに持つアイテムでもある。

「アルヴィンさんがよければ、わたしのアイテムで帰還しましょう。この人のことはギルドに任せた方がいいです」

「私も賛成よ。アルヴィン、いい？」

「ん……」

俺は、これまでの一連の出来事を思い返す。

そして、やや迷った末に告げた。

「いや……ちょっと待ってくれないか」

「アルヴィンさん？」

「どうしたのよ」

二人が訝しげに言う。

俺は少し置いて、静かに説明を始める。

「まず、テトさんをギルドに突き出すのはたぶん無理だ。どうせ拘束を抜け出すタイプのスキルを持ってる。いざとなったら逃げられるから、こんなに余裕でいられるんだ」

テトが一瞬目を見開き、それから口で笑みを作る。

「ははっ、お兄さん考えすぎだよ。スキルなんて、そう都合よく持ってるものじゃない」

「あんたが普通の、スキルを二つか三つしか持っていないような冒険者だったなら、俺もそう考えただろうな」

「……！」

「盗賊職は間合いが近く、モンスターに拘束されやすいから、縄抜けスキルは他の職業以上に重要だと言われる。そして冒険者は普通、自分の持っているスキルに向いた職業を選ぶものだ。……あんたも、そうだったんじゃないか？」

テトが、ばつが悪くなったように目を逸らした。

メリナとココルは、話がわからないようで不思議そうな顔をしている。

俺は続ける。

「俺は学はないが……普段と違うことがあった時は、なぜかをよく考えるようにしている。俺に剣を教えてくれた元冒険者が、そうしろとしつこく言っていたからだ。だから今回も考えた。でも、いくら考えてもわからないことがある」

俺はテトへ訊ねる。

「テトさん。あんたはどうして、俺から冒険に必要なアイテムしか盗ろうとしなかった？」

散らばったアイテムを仕舞い直した時のことを思い出す。

テトが盗もうとしたアイテムは、どれも俺が冒険前に用意したものばかりだった。

ただし、その中に俺の『記憶の地図』はない。

「少なくとも安いポーションよりは、『エメラルド鉱石』や『マーマンの涙』の方が高く売れるはずだ。高価なモンスタードロップや『記憶の地図』まで無視して、なぜポーションや予備の装備品ばかり選んでいたんだ？」

「……」

「あんたは、ここのボス部屋まで行ったことがあると言ってたな。ひょっとして――――俺たちがこれ以上先に進むのを、止めたかったのか？　今大人しく捕まっているのもそれが理由か？」

しばしの沈黙の後――――テトは、はぁー、と大きな溜息を漏らす。

「そこまで察してくれたならさー、もう大人しく帰ってくれないかなー。一応助けてもらったし、せめて今回だけでも止めてあげるのがボクの務めかなと思ったんだけど……ま、でもどうせ、自分たちで挑んでみるまでは何を言っても聞かないよね」

「……」

「はーあ。冒険者ってほんと、バカばっかり。これだから嫌なんだよ」

「……どういうことですか」

ふて腐れたようにのたまうテトに、ココルが低い声で問いかける。

「わたしたちを止めるって……あなたはここのボスの、何を知ってるって言うんですか」

「お姉さんたち、このまま挑んでもどうせ死んじゃうよ」

テトが口の端を吊り上げ、皮肉げに笑う。

「ここのボスには秘密があるんだ。きっと誰も勝てない」

「秘密って……何よ、それ」

メリナが問い詰める。

その口調には、微かな困惑がうかがえた。

テトは半笑いのまま説明を始める。

「ここの深層から下の地図って、出回ってないよね。どうしてだと思う？」

「どうしてって……不人気だから。苦労してマッピングしても採算が取れないから、地図屋が嫌がってるんでしょう」

「それもあるだろうね。でも地図の供給元はそれだけじゃない。深層を攻略する高レベルパーティーが、小遣い稼ぎに売ることもある」

「それが何よ」

「地図が出回っていないのは……このダンジョンの攻略に向かったパーティーが、帰還していないからさ。みんな全滅してる。ボス相手にね」

「……ありえない」

俺は思わず口を挟む。

「普通、高レベルパーティーほど慎重だ。安易にボスに挑むとは思えない。挑んだとしても、撤退の手段くらいは残しているはずだ」

「まあ聞いてよ。ここから下の階層には、さっき言ったように毒モンスターがよく出るようになる。これが弱いんだ。毒は対策をしていなければ厄介だけど、ちょっといい耐毒ポーションで簡単に防げるからね。高レベルパーティーなら当然そのくらいの備えはあるし、毒モンスターはステータスが低めだから、大した障害もなくどんどん先に進める。最下層には闇属性モンスターが少し出るけどその程度で、あっという間にボス部屋の前だ」

「……」

「で、そこまでたどり着いた冒険者は思うわけだよ。『消耗も少ないし、ちょっとボス部屋の様子でも見ていこう』ってね。扉を開けて入ったら、それが最後。そこから誰かが出てきたことはないし、今ダンジョンが健在なことからもわかるとおり、クリアだってされてない」

「撤退してきたことがないということか？　帰還アイテムで帰ったんじゃないのか？」

「たぶんそうじゃないよ。だって――――ボス部屋の扉は、パーティーが入った直後にひとりでに閉まったからね。入り口からは出られるはずがないし、きっと帰還アイテムだって使えなくなってる。あれは撤退不可のボスなんだよ」

「そ、それはおかしいです！」

今度はココルが口を挟む。

「撤退不可のボス部屋には、普通は何かのギミックがあります！　そしてそういうボスのいるダンジョンは、全体に類似のギミックが配置されていることがほとんどです！　こんな何もないダンジョンのボスが、撤退不可なんてこと……」

「そうだね。お姉さんの言う通り、撤退不可のボス部屋には仕掛けがあることが多い。まるでその情報を持ち帰らせないためみたいにね。だから――このダンジョンのボス部屋にも、きっと何かギミックがあるんだよ。ここのボスだけの……どんな高レベルパーティーも攻略できなかった、秘密のギミックが」

「そんな、でも……」

「たぶん、ダンジョンにもあるような転移やダメージや拘束系トラップとかじゃなくて……ルールみたいなもの、なんだと思うけど」

「ルール、ですか？」

「うーん……なんて言ったらいいのかなー」

難しい顔をして、そこでテトは言葉を切ってしまった。

何か考えていることはあるらしいが、どうにも言葉にできない様子だ。

「本当かしら？　どうも違和感があるのよね」

メリナが、眉をひそめて言った。

「あなたはそれを知らずにボスに挑むパーティーを、黙って見てたってことよね。それも、何度も」

「それは仕方ないだろー」

テトが、少しむっとして言う。

「ボクも最初の一、二回は確証が持てなかったんだ。それに、他人の冒険にとやかく言うのはマナー違反じゃないか。ボクだって逆ギレされたくはなかったんだよ」

「……」

「それでも……何回か、忠告くらいはしたよ。でもね、だーれも聞かないの！　お姉さんみたいにボクの言うこと信じないか、信じた上でボス部屋に突撃するかのどっちかだった。もうほんと、冒険者なんてバカばっかり！　だから今回はうまく言いくるめてあきらめさせようとしたのに、それすらも聞かないしさー」

「……」

「きっとボスに挑んだパーティーの中には、マイナススキルを持ったメンバーもいたんだろうね。今思えば、だからあんなに必死だったのかも……。それでも、こんな小規模ダンジョンの不確かなボスドロップになんて期待しないで、身の丈にあった冒険を続けていればよかったのに……せっかくパーティーに恵まれてたんだから」

テトの独白に、俺は思わず視線を落とした。

言われてみれば、自分も無謀なことをしようとしていたのかもしれない。

それでも、パーティーに恵まれなかった俺には、他に選択肢がなかった。

おそらく、ココルとメリナにも。

「……そうじゃないわ」

しばしの沈黙の後、メリナが口を開いた。

「私が言いたかったのは、そういうことじゃなくて……なんで、そんな状況になったのかってこと」

「え……？」

「深層の地図が出回ってないってことは、あなたは深層があるって知らないまま、このダンジョンに来たってことよね？　どうして？　宝箱漁りをするのなら、普通は浅くなりがちな小規模ダンジョンになんて来る意味はないんじゃない？　最初は何しに来たの？」

「そっ……」

「ボス部屋へ他のパーティーが入っていくところを何度も見ているのも不思議だわ。同行していたわけでもなさそうだし、あなたはそこで何をしていたわけ？」

「……」

しばらく押し黙った後、テトはばつが悪そうに言う。

「それは……お兄さんにでも訊いてよ」

「はい？」

「どうせ、お兄さんはわかってるんでしょ」

メリナが顔を向けてくる。

「そうなの？」

「ただの予想だ。違っていたら言ってくれ」

テトからの返事はない。

俺は続ける。

「テトさんは初め、他のパーティーがボスを倒したら、そのドロップを横取りするつもりだったんだろう」

「は、はあ!?」

「そうなんですか!?」

テトは黙ったまま何も言わない。

「なんでそんな……」

やはり、間違ってはいないようだった。

「仕方ないだろー。こうでもしないと、ソロのボクはボスドロップになんてありつけないんだ」

テトはまた、皮肉げな笑みを浮かべる。

「今のレベルも、キルの横取りで稼いだようなもんだからね。それくらいお手の物さ」

ココルが、テトを半眼で睨む。

「……やっぱりこの人、ギルドに突き出した方がいい気がしてきました」

「マナー違反ではあるが、禁忌じゃない。ギルドも何もできないだろう」

「そうかしら。その辺の雑魚モンスターならともかく、普段からボスドロップの横取りなんてやってたなら、ギルドだって黙ってないと思うわよ」

不愉快そうに言うメリナへ、俺は予想を話す。

「さすがに普段からそんなことはしないだろう。今回は……このダンジョンのボスドロップだけは、特別だった。違うか？」

テトは何も言わない。

「特別って……」

「俺たちと同じ事情だ。スキルを消すアイテムがどうしても必要だったんだ。テトさんは――マイナススキル持ちだから」

パーティーを組めないからこそ、手段を選んではいられなかった。

テトは、やはり何も言わない。

ココルとメリナが驚いたように声を上げる。

「ええっ、この人もですか？」

「どうしてそんなことわかるの？」

「戦闘中に使っていたスキルが多かった。俺が見てた限りでも四つだ。あとは、それ以外の状況から予想しただけだな」

高レベルの冒険者は、人よりたくさんのスキルを持っていることが多いから、確証があったわけじゃない。あくまでただの予想だ。

自分がそうだから、という思い込みもあったかもしれない。結果的に当たっていたが。

「マイナススキルって、どんな？」

メリナの問いに、俺は首を横に振って答える。

「いや、俺もさすがにそこまでは……」

「【ミイラ盗り】」

俺の言葉を遮って――テトが、そのスキル名を口にした。

まるで自嘲するように、笑って言う。

「本当に、厄介なスキルだよ」

＊＊

「【ミイラ盗り】……？　知らないわね」

「わたしもです。初めて聞きました……」

メリナとココルがそれぞれ言う。

この二人のマイナススキルもたいがい珍しいが、テトのも相当だ。高レベルの冒険者が三人いて、誰も知らない。

スキル名からも、効果の想像がまったくつかない。

ただ、俺は妙な予感がしていた。

テトへ訊ねる。

「それはどんなスキルなんだ？」

「簡単だよ」

テトが軽い調子で答える。

「同じパーティーメンバーが受けるデバフを、すべてボクが引き受ける。基本はそれだけ」

「え……待って待って。それ本当に？　デバフだけ？」

「そうだよ」

「す、すごいです。まさかスキルでそんな効果のものがあるなんて……」

魔法職二人が興奮したように言った。

俺はよくわからず訊ねる。

「何か珍しいのか？」

「はい。実はバフとデバフって、本質的には区別を付けられないんですよ。ステータス上では付与効果って名前で、同じ扱いをされてます」

「え、そうなのか」

「そうよ。だから、デバフだけ消したり防いだりする魔法やアイテムってないの。ココルの付与効果消去（クリアー）だって、バフも一緒に消しちゃうでしょ？」

「バフとデバフを区別してるスキルって時点で激レアなんですよ！　他にあるかどうかもわからないくらいです」

「あはは、そうらしいね。スキルの説明文でもデバフじゃなくて、マイナスの付与効果って言い方してるよ」

　テトが笑いながら言う。

「でも、ボクからしたら最悪なんだけどね」

「よくわからないんですが、そもそもそれってマイナススキルなんですか？」

　ココルが訊ねる。

「たとえば、パーティーメンバー全員が《耐久減少・小》のデバフを受けたとして、それがテトさんだけで済むことになるんですよね。むしろメリットじゃないですか」

「そう都合のいいスキルじゃないんだよ」

　テトが説明する。

「普通だったら同じデバフを何度受けても効果は変わらないけど、【ミイラ盗り】の場合、重複した分効果のランクが上がっていくんだ。《小》ランクのデバフでも、四回受けると《特》にまで上昇する」

「そ、それは……」

「何種類ものデバフを打たれると最悪だよ。一度なんて、全パラメーターが半分以下になったこともあった。その時は一緒にいたパーティーメンバーの全員がボクを見捨てて逃げたから……危うく死にかけたんだ」

「……」

「それからはずーっとソロ。ボク決めたんだ、もう二度とパーティーになんて入らないってね」

「それは……災難だったな」

さすがに俺も、そこまでひどい目にあったことはない。キルやドロップの横取りを考えてしまうのも、無理はない気がした。

――それにしても。

パーティーメンバーが受けるデバフを、代わりに引き受ける、か。

それなら、ひょっとすると……。

「待って。それ本当？」

メリナがまた、訝しげに問いかけた。

テトがうんざりしたように言う。

「お姉さんは本当にボクのこと信じないねー」

「おかしいじゃない。単一のパラメーター減少デバフは、最大でも四割減のはずよ。どうして半分以下になんてなるの」

「考えが浅いね。たとえボクのマイナススキルがなくても、そういう状況はあり得るよ。たとえば《耐久減少・特》と《全ステータス減少・特》を同時に受けている場合。これだと効果が重複して、VIT（耐久）の数値はギリギリ半分を割る」

「そんな極端な状況だったって言いたいの？」

「いや？　いくらボクのマイナススキルでも、そこまでデバフを重複して受けることは滅多にないね。あの時は、【ミイラ盗り】の追加効果が発生してたんだ」

「追加効果？」

「このマイナススキルは、効果が増減するんだよ。パーティー全体の報酬獲得率が高いほど、受けるデバフの効果が上昇することになる」

「報酬獲得率……？」

よくわからない単語が出てきた。

メリナとココルが揃って首を傾げる。

「何よ、それ。初めて聞いたわね」

「わたしもです……どういう意味なんですか？」

「ボクが調べた限りでは、どうやらモンスタードロップの多さとか、レアアイテムの出やすさのことみたい」

「わかるようでわからないな。それはパーティーによって変わるものなのか？」

「変わるよ。たとえば【金運】スキルを持っていると、コインが多く落ちるようになるでしょ？【幸運】スキルだとドロップするアイテムのレア度が高くなりやすいし、【ドロップ率上昇】系スキルだと、数が多くなりやすい。こういうスキルを持っている人がパーティーにいると、報酬獲得率が高くなってる……って扱いになるみたい」

テトが続ける。

「あの時は【ドロップ率上昇・中】と【幸運】持ちがいたからね。デバフの効果がその分上がっちゃってたんだよ。入ったばかりのパーティーだったから、ボクも油断してたな」

「ふうん、なるほどね……あれ、でも……」

「テトさん」

何かに気づいた様子のメリナを横目に、俺はテトへ訊ねる。

「あんたさっき、効果が増減するっていったよな。ならひょっとして……報酬獲得率が低いパーティーにいると、デバフの効果が減少するのか？」

「え……う、うん。たぶん」

テトが自信なさげに答える。

「スキルの説明文には、そう書いてあるね。【貧乏神の加護】とか【不運】とか、【ドロップ率減少】系のスキルを持っている人がパーティーにいれば、その分効果は下がるんじゃないかな……？

そんな人とパーティーを組んだことがないから、たぶんだけど」

「それは……どのくらい下がるんだ？」

「うーん……ボクもこのスキルの効果、ちゃんとわかってないんだよ。でも、上昇率から考えると……【ドロップ率減少・中】と【不運】持ちがいれば、《小》ランクのデバフが無効になるくらいじゃないかな」

「……」

「ま、そんな貧乏くさいパーティー、頼まれても入りたくないけどね。……どうしたの？」

黙り込む俺たちに、テトが眉をひそめる。

「……まあ、まずは試してみましょうか」

メリナがそう言って立ち上がり、テトを見下ろして告げる。

「とりあえず、テト。あなた、私たちのパーティーに入りなさい」

＊＊

「はあー？　なんでそうなるんだよ！　言っただろー、ボクはもうパーティーになんて入らないって！」

「いいから、ちょっと付き合いなさい。言うこと聞いたら今回のことは見逃してあげるわよ」

「ええー……」

と、そういうわけで。

俺たちは盗賊のテトをパーティーに加え、セーフポイントを出て三十二層を歩いていた。

俺たちの様子を見て、テトが不思議そうに訊ねてくる。

「……下の階層に行かないの？」

「いや。とりあえずこの階層で、少しモンスターを倒してみたい。たしか、デバフを撃ってくるやつもいたはずだ」

【ミイラ盗り】の効果を見てみたいってこと？　まあ、それくらいいいけど」

そうではあるが、テトが想像しているものとは少し違う。

「っ、アルヴィンさん！」

その時、後ろからココルの鋭い声が聞こえた。

俺も、前方に現れたそのモンスターに見入る。

「フロストキマイラ、か……？」

ライオンとヤギの二つの頭。背中には羽が生え、尻尾はヘビの頭になっている。そして体は、水と氷の二属性を示すように空色に染まっていた。

フロストキマイラ。深層でごくまれに現れる、強力なモンスターだ。

俺も久しぶりに見た。まさかこのダンジョンで出るとは……。

とりあえず、最低限の情報を周りに伝える。

「こいつは氷凍ブレスを吐く！　後衛まで届くから気をつけ……」

と言ってる間に、ライオンの頭が早速ブレスのモーションに入った。

俺は剣を構えながら舌打ちする。行動が遅かった。

レベル的には食らっても問題ないだろうから、その後に……、
と、そこまで考えた時、俺の隣で刃が閃いた。

放たれた投剣は真っ直ぐ飛翔し、ライオン頭の背後で揺れていた、尻尾のヘビへと命中する。

その瞬間、フロストキマイラに大きな仰け反り（ノックバック）が発生した。

ライオン頭が呻いて震え、ブレスのモーションが解除される。大きな隙ができる。

「お姉さん、雷魔法っ」

テトの声が響く。

メリナの反応は早かった。

フロストキマイラが再び行動を開始する寸前。メリナの詠唱が間に合い、杖から放たれた稲妻が、
ヤギ頭とライオン頭の間に突き立つ。

またしても激しい仰け反り（ノックバック）により、行動がキャンセルされる。

大ダメージのためか、三つの顔はどれも苦しそうに歪んでいる。

「げっ、まだ死なないのっ？」

言いながら、テトが駆けた。

相当にＡＧＩ（敏捷）が高いのか、フロストキマイラとの距離が一瞬で詰まる。

「でもさすがにこれでっ」

逆手に持った大ぶりなナイフが、目にも止まらぬ速さで振るわれる。

何か特殊な素材が使われているのか、それはオレンジ色の軌道を描いていた。

そこで――――フロストキマイラのＨＰがゼロになり、青い体がエフェクトと共に四散した。

散らばったドロップアイテムの中で、テトが息をつく。

「ふうー。悪いねー、キルもらっちゃって」

「あんた、やるな」

俺は素直に言う。

「フロストキマイラは、尻尾のヘビが弱点部位だったのか。俺も知らなかった」

「そうだったみたいだねー」

テトがあっけらかんと言う。

「ん……？　知っていたわけじゃないのか？」

「うん。フロストキマイラどころか、キマイラ自体初めて見たし。でも――――なんとなくわかるものじゃない？」

聞いた俺たちは顔を見合わせ……それから口々に言う。

「いや、わからないが」

「何を言ってるんですか？」

「見ただけで弱点部位がわかるなら誰も苦労しないわよ」

「えー？」

テトが困ったように頭を掻く。

「そうかなぁ。ボクこれ、今じゃほとんど外さないんだけど」

「どこを見て判断してるんだ？　モンスターの弱点部位は、普通の生き物と違うことも多いだろう」

「んー……作った人の気持ちになって考えれば、なんとなく、って感じかな」

「作った人……？」

「うん」

テトは言う。

「お兄さんたちは聞いたことない？　――――この世界は、箱庭なんだって。だったら、作った人がいるってことでしょ？」

「……」

「ダンジョンにはさ、無敵のモンスターもいなければ、強すぎる武器もない。バランスが取れてるんだよ。だったらモンスターの弱点部位も、なんというか、納得できる場所にあると思うんだ」

「納得できる……」

「もしも左足にあるホクロが弱点部位だなんて言われたら、そんなもんわかるか、って思わない？　そういう理不尽さは、ダンジョンにはきっとないんだよ。だからなんとなく予想がつくってこと。何度も一人で戦闘をこなして、ようやく身につけた特技だけど、でもお兄さんたちならわからないかな」

「いや、わからないな」

一生懸命説明してくれたテトへ、俺はうなずいて答える。

「えー？」

「箱庭仮説は聞いたことがあるけど……たとえそれが正しくても、ダンジョンやモンスターの一つ一つが誰かの意思で作られてるとは思えないわね」

「そうかなぁ……」

「わたしは、何も言わないでおきます……主に信仰の関係で」

渋い顔をして口をつぐむココルへ、俺は言う。

「それはそうとココル……どうだ？」

「あっ」

ココルがはっとしてステータス画面を開いた。

それから、目を見開いて言う。

「な……ないです！　やっぱり」

「おおっ」

「私たちの予想が当たったみたいね……」

俺は微かに震えた。

まさか、こんなことが……。

「んー？　どうしたの、お兄さんたち？　【ミイラ盗り】の効果を見たいなら、違うモンスターを探しに行こーよ」

　俺たちは顔を見合わせ、うなずく。

「ああ、そうだな」

「一応、普通のデバフを受けた時の挙動も確認しておきたいものね」

「わ、わたしも気になりますっ」

　そんな俺たちを、テトは思いっきり不審そうに見る。

「変な人たちだなぁー……」

＊＊

「もー、ボクの特技の話なんていいからさー。それよりこれ見てよ！　どう、このナイフ。STR（筋力）

はレベル【80】の神官サマにおよばないかもしれないけど、でも火力なら負けないよ？」

「結構なレア武器みたいだけど……あなたそれ、誰かのボスドロップを横取りしたんじゃないでしょうね」

「失礼なっ！　これは古竜神殿の五十層でボクが自分で見つけたんだ！」

「五十層まで一人で行ったんですか……。テトさんは何レベルなんですか？」

「【55】だよ」

「あら。私やアルヴィンより高かったのね」

「言っておくけど、実際にはキルの横取りなんてそうそうできるものじゃないから、経験値はほとんど自分で稼いだんだからね」

「たしかにそこまで高レベルなら、普通にモンスターを狩る方が効率いいでしょうね」

「でも、じゃあなんであんな嘘ついたんですか？」

「それは、その……」

そんなやり取りを聞いていた時。

俺の前に、一体の青いトカゲ型モンスターが現れた。

「あっ、アクアサラマンドラだ。よかったね。あれ、《敏捷性減少・小》のデバフを撃ってくるよ」

「ああ」

だいぶ探し回ったが、ようやくこれで検証できる。

俺はアクアサラマンドラに近づくと、敏捷の低いそのモンスターを剣で小突き回す。あまりＨＰを減らしすぎるとデバフを撃たなくなるから、加減しなければならない。

「グァッ」

鳴き声と共に、アクアサラマンドラが泡を吐いた。

《敏捷性減少・小》のデバフだ。俺はそれを避けずに受けると、それからすぐに、青いトカゲを弱点部位を突いて倒す。

エフェクトの中振り返ると、すでにテトがステータスを開いたところだった。

「お兄さんも見てみてよ。自分のところにデバフのアイコンが付いてないでしょ？　代わりにボクの……あれ？」

テトが首をかしげる。

「……おかしいなぁ。どうしてボクのところにもデバフのアイコンがないんだろ？　お兄さん、ひょっとして避け……て、なかったよね。なんでだろう……ん？　んんん？」

テトが眉をひそめ、ステータス画面を凝視する。

「何この経験値!?　なんでこんなに入ってるの？　ボクがキルしたわけでもないのに……えっ、というか、ボクのステータスめちゃくちゃ上がってない!?　これ、誰かのスキル？　い、いったいどうなって……」

「やっぱり、ココルに《嫉妬神の呪い》もついてないわね。これではっきりしたわ」

メリナが、自分のステータス画面を閉じた。

それから、未だに困惑する様子のテトへ告げる。

「テト。あなた、このパーティーに入りなさい」

「……え？　いや、さっき入ったじゃん」

「そうだったわね。いえ、そうじゃなくて……だから、その、ず、ずっと一緒にいなさいってことよ！」

「え、ええっ……!?」

聞いたテトが動揺したように目を逸らす。

「お、お姉さん……？　そんなこと、急に言われても、ボクっ……」

「もういいわよ、このやり取り。正式にメンバーにならないかって言ってるの」

「へ？　なんだ、そういう意味？　びっくりしたなー、もう」

それから、テトは不審そうに言う。

「良い悪い以前にさー、なんでいきなりそんな話になるのか説明してくれないかな。この変なステータスとか経験値とか、お姉さんたちがこそこそ話してたことと何か関係あるの？」

「いいわ。最初から説明するわね」

メリナが話し出す。

「まず、私たちは全員、マイナススキル持ちなの」

「……へ？　ぜ、全員？　お姉さんだけじゃなくて？」

「そう。最初に、このダンジョンで出会ったってアルヴィンが言ったでしょう。私たちはみんな、それぞれ例のボスドロップ目当てにこのダンジョンに来たのよ」

「……そうだったんだ。そういえば、臨時でパーティーを組んでるって言ってたもんね」

「そう。ただ、どうしてパーティーを組んだかというと……私たちのマイナススキルが、うまく噛み合ってるからなのよ。奇跡的にね」

「……？」

「たぶん、ココルのスキルから説明した方がわかりやすいんじゃないかしら」

　メリナの言葉に、ココルがうなずいて口を開く。

「わたしのマイナススキルは、【首級の簒奪者】と言います。効果は――同じパーティーメンバーがモンスターをキルした場合、わたしがキルしたものと見なす、というものです。経験値のキルボーナスはすべてわたしに入りますし、キルした人が【ドロップ率上昇】や【金運】のスキルを持っていても、発動しなくなります」

「珍しいスキルだね。そっか……だからお姉さんは、そんなにレベルが高かったんだ。なんというか……すごく、嫌われそうなスキルだね」

「はい。すごく嫌われるスキルでした」

　ココルが力なく笑う。

テトは、ココルのマイナススキルの意味をすぐに理解したようだった。

「でも……それじゃあなんで、二人はココルさんとパーティーを組むことになったの？」

「次は私のスキルを説明した方がいいかしらね」

メリナが言う。

「私のマイナススキルは、【嫉妬神の加護】。効果は、まずパーティーメンバー全員の全パラメーターを10％上昇。それから私自身を含むパーティーメンバーの誰かがモンスターをキルした際に、その人に《嫉妬神の呪い》を付与して、キルボーナスをその人を除いた全員に平等に分配し直すわ」

「なんか、複雑な効果だね。でもステータス上昇の理由はわかったよ。それと……そっか。【嫉妬神の加護】の効果の対象は、【首級の簒奪者】のおかげで、常にココルさんになるんだね」

「はい、そうなんです。わたしが独占してしまうキルボーナスを他の皆さんに返せるので、わたしがぜひにと言って、メリナさんにパーティーに入ってもらったんです」

「なるほどね」

テトはなかなか察しがいいようで、最低限の説明ですぐに経緯を理解してくれる。

「《嫉妬神の呪い》っていうのは何？」

「全パラメーターが3％減少するデバフよ。キルの度に重複するわ」

「重複かぁ。減少率は大したことないけど、なかなか厄介そうだね。ココルさんは元々のステータスが高いし、きっと付与効果消去（クリアー）も使えるんだろうけど、それでも…………ん？　あれ？」

そこで、テトは首をかしげる。

「そういう割りには、デバフのアイコンがココルさんにないみたいだけど……デバフで間違いないんだよね？」

「ええ」

「じゃあどうして……いや、違う。ココルさんじゃない。デバフなら、ボク、、、に付く、、、はずなんだ。でも、それがない」

混乱した様子で、テトが続ける。

「そういえば、アクアサラマンドラの《敏捷性減少・小》だって付いてない。なんで【ミイラ盗り】の効果がなくなってるんだろう……？」

「なくなってないわ。むしろ効果が発動しているからこそ、デバフが消えているのよ」

「え……？」

困惑するテトへ、メリナが言う。

「【ミイラ盗り】には、追加効果があったわね」

「うん……。パーティーの報酬獲得率に応じて、デバフの効果が増減する」

「アルヴィン。あなたのマイナススキルを教えてあげたら」

視線を向けてくるテトへ、俺は一つ息を吐いて言う。

「俺のマイナススキルは、この二人のように珍しいものじゃない。――ただの【ドロップ率減少・特】だ」

「えっ……えええーっ!?」

テトが目を丸くして、信じられないかのような声を出した。

「【ドロップ率減少・特】!? 小や中じゃなくて!?」

「ああ」

「うわぁ……ボク、ちょっと信じられないよ。そんなひどいスキルを持っていながら冒険者になった人がいるなんて……」

俺は少し傷つく。

「でも……そっか。そのスキルのおかげで、このパーティー、報酬獲得率が……」

「ああ。【ミイラ盗り】の計算式はよくわからないが、少なくとも【特】ランクのマイナススキルが一つあれば、《小》ランクのデバフは無効にできるみたいだな」

「だから……《敏捷性減少・小》も、《嫉妬神の呪い》も付かなかったんだ」

《嫉妬神の呪い》の減少率は、《全ステータス減少・小》よりも低い。ランクとしては《小》かそれ以下なのだろう。

「あれ、でも……やっぱりおかしいよ」

「ん？」

「アルヴィンさん、今アクアサラマンドラを倒した時も、マーマンの群れを倒した時も、普通にアイテムもコインもドロップしてなかった？　【特】ランクなら、ドロップ率が八割くらい減るはずだよね？」

「テトさん」

ココルが笑いながら言う。

「わたしのスキルを忘れてませんか？」

「え……？　あっ、【首級の簒奪者】！　アルヴィンさんの【ドロップ率減少・特】は判定されなくなるのか！」

「このパーティーは、最初に俺とココルが出会ったんだ。俺が頼み込んで、ココルにパーティーを組んでもらった」

まだそれほど経っていないはずなのに、まるで遠い昔のことのように感じる。

「テトさんが入ると、スキルがちょうど一周するような形になりますね」

「言われてみればそうだな」

【ドロップ率減少・特】は、【首級の簒奪者】に。

【首級の簒奪者】は、【嫉妬神の加護】に。

【嫉妬神の加護】は、【ミイラ盗り】に。

【ミイラ盗り】は、【ドロップ率減少・特】に。

それぞれマイナス効果が打ち消される形になっている。

「それだけじゃないわ」

メリナが言う。

「全ステータスの10％上昇や、《小》ランクのデバフ無効効果は消えてない。むしろマイナススキルがプラスになってるわね」

「シナジー……」

ココルが小さく呟いた。

俺たちの視線に気づくと、ぽつぽつと言う。

「いえ、その、相性のいいスキル同士が効果を高め合うことを、シナジーって言いますよね？【不屈】と【背水の陣】とか。【隠密】と【奇襲会心】とか。マイナススキル同士でも、シナジーってあるんだなって思って」

確かにその通りだ。

四つのスキルは、すべて合わさった結果相乗効果（シナジー）を発揮していた。マイナス効果を打ち消し、プラスになるほどに。

「そういうわけだ、テトさん」

俺は、どこか所在なさげにしていたテトに言う。

「俺たちにはあんたのスキルが必要だ。いや、ただの盗賊職としても、あんた以上の人材はそういない。ぜひ俺たちのパーティーに入ってくれないか？」

「！　でもっ、ボク……」

「パーティーを信用できないあんたの気持ちもわかる。俺だってマイナススキル持ちだ。信頼していた連中に手のひらを返されたことは一度や二度じゃない。だが……だからこそ、同じ境遇だった俺たちを信じてくれないか？」

口を引き結んで黙ってしまったテトへ、俺は真っ直ぐに目を向けながら続ける。

「この冒険が終わるまででもいい。あんたと一緒に、この落日洞穴のボスに挑みたいんだ。これだけ高い平均レベルで、こんなに多くのスキルを持っているパーティーは、たぶん他にない。この四人ならどんなギミックがあったってきっと勝てる。あんたが言ったとおり、スキルを消すアイテムが本当に得られる保証はない。だが……可能性に賭けてみないか？　俺たちのこれからのために」

しばらく黙り込んでいたテトだったが——やがておずおずと視線を上げると、俺に小さくうなずいた。

「わかった……いいよ」

「そうか。よかった」

「も、もし裏切ったら、アンデッド系モンスターになって呪いかけに行くから」

「あんたがいないと《呪い》系のデバフは防げない。そうならないようにしないとな」

「何それ」

そう言うと、テトは小さく笑った。

メリナとココルが、遠巻きにひそひそと話す。

「どうなるかと思ったけど、ちゃんとアルヴィンが口説き落としてくれたわね」

「なんだか上手になってる気がして、ちょっと複雑です……」

「そういうつもりはないんだが……」

ただ誠心誠意頼み込んでいるだけだ。

「あっ、そうだ。アクアサラマンドラのドロップを回収しよう！　早くしないと消えちゃうよ」

そう言って、テトが小走りに駆けていく。

いくつか散らばっていたコインやアイテムをストレージに収めていると……ふと、その動きが止まった。

手に持ったアイテムの一つを、まじまじと見つめている。

「どうした？」

「これ……アクアサラマンドラが落としたのかな」

手にしていたのは、丸まった羊皮紙だった。

ココルとメリナも、何事かと寄ってくる。

「羊皮紙？　モンスターがドロップしたんですか？」

「そんなことあるかしら」

「たぶん、思わせぶりな原典（フレーバー・テキスト）だろう」

視線を向けてくる三人へ、俺は説明する。

「まれにだが、モンスターがテキストの書かれた羊皮紙をドロップすることがある。たまたま飲み込んでいた……という設定なんだろうな」

「設定って？」

「この世界が箱庭なんだとしたら、そういう体裁だろうと思っただけだ。テトの言う通り、作った者の意思があるとすればな」

普通の生き物とは違い、モンスターが何かを食べることはない。噛みつき攻撃はすれど、それだけだ。

「何が書いてあるんだろう？」

テトが羊皮紙を広げる。

他の三人がそれを覗き込む。

〝赤から黄へ〟

〝黄から緑へ〟

〝緑から青へ〟

〝青から紫へ〟

〝そして日は沈み、闇に至る。〟

「これ……ひょっとして、出現モンスターのヒントかしら」

「あっ、たしかにそうです！」

言われて、俺も気づく。これは上の階層からの、モンスターの出現順序と一致する。

赤は火属性モンスター。

黄色は麻痺モンスター。

緑は植物系モンスターやエメラルドゴーレム。

青は水や氷属性モンスター。

そしてこれより下には毒モンスターと、最下層には闇属性モンスターが出現する。

メリナが、少し残念そうに言う。

「もっと上の階層に置いておいてほしかったわね。今さらこんなの見つかっても……」

「そうだな。出現モンスターのパターンは、もう一通りわかってるからな」

こんな下の階層に置かれてもヒントにならない。

「でも、結局モンスターの出現法則はわからないままでしたね」

「そうね。別に属性で分かれてたわけでもなかったし」

「あれ……みんな、気づいてないの？」

「何がだ？」

俺が問い返すと、テトがきょとんとして答える。

「虹だよ」

「虹？」

「このダンジョンは、出現モンスターの色が虹と同じ並びになってるんだ」

言われてみれば、たしかにモンスターの色は階層ごとに分かれていた。テキストの内容はヒントではなく、答えだったということか。

だが……、

「……そうなのか？」

「えっとぉ、虹の色って、どういう順番でしたっけ？」

「二人ともさぁー」

「……合ってるわ」

考え込んでいたメリナが、静かに言う。

「赤、黄、緑、青、紫……ちゃんと、上から順番になってる」

「でしょ？」

「まさか、こんな法則だったなんてね」

よくわからないが、メリナが言うならそうなのだろう。

「だが……どんな意味があるんだ？」

「ひょっとして、ボス攻略のヒントになっていたりするんでしょうか？」

「さあ、ボクもそこまではわからないなぁ」

テトが言う。

「でも、さすがにこれだけじゃヒントにならないと思うから……ヒントじゃなくて、こういうテーマなんじゃないかな。ほら、落日って日が沈むことでしょ？　それで最下層には闇属性モンスターが出てくるし」

「太陽？　それとも色がテーマということか？」

「そういえば、色には順番があるって聞いたことあるわね。虹以外でも、同系統で色違いのアイテムをストレージ内で並び替えると、種類が違っても必ず一定の順番になるし」

「うーん……でも、残念ですけど攻略の役には立たなさそうですね。ボス部屋のギミックを予想できるかと思ったんですが……」

「たぶん攻略のヒントもどこかにはあると思う。でも、まだ見つけられてないね。もしくはもう見つけていて、ボクらが気づいていないだけか」

見つけていても、気づいていない、か……。

俺も考えてみるが、わからない。特に思い当たる要素はなかった。

「今は、進もう」

俺は、考え込む三人へと告げる。

「ここから下の階層で別のテキストが見つかることもあるかもしれない。少なくとも、ボス部屋の前までは問題なく進めるはずだ。考えるのはそれからでもいい」

三人は、思い思いにうなずく。

「そ、そうです！　進みましょう！」

「悩んでいても仕方ないものね」

「ボクもあんまり下には行かないからねー。見つけてないテキストがあるかも」

俺はふと笑い、前に立って歩みを再開した。

この四人パーティーなら、どんなダンジョンでも攻略できる。

なんとなく、そんな予感がした。

「テト」

「ん？」

俺が声をかけると、テトが小走りに寄ってきて横に並ぶ。

「三十三層のセーフポイントを確認しておきたいんだが、教えてもらえるか？」

「降りたところからそう離れてない場所にあるよ。じゃあ、まずはそこまでマッピングしようか」

「助かる」

「へへっ」

テトが俺を追い越し、後ろ向きに歩きながら言う。

「そうだ、どうせなら斥候もやろうか？　索敵スキルを持ってるから、だいぶ手前からモンスターの位置がわかるよ」

「助かるが、あまり先行しなくてもいい。いざという時に助けに入れないから、前衛の位置にいてくれ」

「オッケー」

再び横に並んだテトへ、俺は言う。

「テトが仲間になってくれてよかったよ。俺も気が楽になる」

「へへっ、そーお？」

テトが機嫌良さそうに言う。

「まーねー。前衛一人だと大変だったでしょ？　ボク、壁にはなれないけど、火力はそこそこあるし索敵もできるからね。その辺は任せて」

「いや、それももちろんなんだが……」

「？」

首をかしげるテトに、俺は少し声を抑えて言う。

「今までは男一人だったからな。さすがにちょっと、気を遣っていたところがあった。同性が入ってくれてありがたい」

テトが、無言で立ち止まった。

「……どうした？」

声をかけても、答えが返ってこない。うつむけた顔には影がかかっていて、どんな表情をしているかもわからなかった。

だが。

やがて唐突に顔を上げ――――テトが叫ぶ。

「ボ……ボクは女だっ!!」

「ええっ!?」

俺は、思わず驚愕の声を上げてしまった。

テトが言い募る。

「ア、アルヴィンもしかしてボクのことっ、ずっと男だと思ってたのっ!?」

「いや、そ、それは……」

てっきり、完全にそうだと思い込んでいた。

「だ、だが……名前がそうだったし、喋り方も……」

言いながら、自分でも言い訳臭く思えてくる。

男性名の女なんて珍しくないし、喋り方も、よくよく考えたら冒険者ならこんなものだ。

一度そうだと知ってしまうと、もうそういう風にしか見えなかった。装備のせいでわかりにくいが、面立ちや骨格や筋肉のつき方も、男性のそれとは違う。

むしろなぜ今まで勘違いしていたんだろうと思うくらいだ。

「アルヴィンさん、それはちょっと……」

「いくらなんでも失礼すぎない？」

ココルとメリナがそろって眉をひそめる。

その反応を見るに、どうやら二人は最初から気づいていたらしい。

テトは俺から距離を取って叫ぶ。

「ひどいっ!!　バカ!!　もう知らないっ!!　前衛なんてアルヴィン一人でやってろよっ！　ボクは後ろでナイフ投げてるからっ!!」

「あら、そういう構成もありかしらね」

「その時は二人が中衛で、わたしが後ろからバフと治癒（ヒール）飛ばしますね！」

俺は思わず床に視線を落とし、力なく言う。

「……悪かった、許してくれ」

どうやら、これまで以上に気を遣うことになりそうだ。

テトの場合

「とりあえず、テト。あなた、私たちのパーティーに入りなさい」

メリナという魔導士からそう言われた時、テトは、この人何を言い出すんだろうと思った。

テトが落日洞穴に挑もうと決めたのは、もちろんアイテムを手に入れ、自身のマイナススキルを消すためだ。

特に必要に駆られたわけではない。高レベルの盗賊職であるテトは、ソロでも何ら問題なく冒険者を続けられる。

ただ自分にとってマイナスしかない【ミイラ盗り】というスキルを、捨てられるのであれば捨てておこうと思っただけだった。

元々、テトはそこまで仲間を欲していない。

あまり恵まれた生まれではないテトにとって、他人とは限られた物を奪い合う敵だ。冒険者になり、そこそこ自由にできるほどの金を手に入れても、幼い頃に得た価値観はそう簡単に変わらない。

それでも、初めはなんとかしようと思った。パーティーメンバーは一蓮托生の仲間だ。自分だけがいつまでも卑しい意識でいたのでは、皆に迷惑がかかってしまう。

しかしそんな気持ちも、ダンジョンで同じパーティーの仲間に見捨てられ死にかけた時、すっかり冷めてしまった。

ああ、自分はなんて甘いことを考えていたのだろう、と。

落日洞穴のボスドロップは、横取りすることにした。

いくら高レベルとは言え、ソロの盗賊でボスを討伐するのは難しい。それよりも、どこかのパーティーが倒したタイミングで、ボスドロップをかすめ取る方がずっと確実だった。

テトの誤算は、落日洞穴のボスが撤退不可に設定されていたことだ。

撤退不可のボス部屋は、入り口が勝手に閉まる。ボス戦が終了するまでは、入ることも出ることもできなくなってしまう。ドロップの横取りは、タイミングが何よりも重要だ。ボスが倒されるタイミングを扉の隙間から窺（うかが）うことができなければ、ドロップをかすめ取ることは難しい。

こんな小規模ダンジョンなど、すぐに攻略されてしまうだろう。テトは少しがっかりしたが、まあいいかと気を取り直した。元々ただのうさんくさい噂だったのだ。そしてせっかくだから、ダンジョンが攻略され、力を失う瞬間を見届けようと決めた。

しかしテトの予想に反し、いつまで経っても落日洞穴のボスが倒されることはなかった。

いくつものパーティーがボス部屋へ入っていき、そして二度と出てこなかった。

よほどボスが強いのか……それとも難解なギミックがあるのか。

テトは目的を見失ったまま、しばらく落日洞穴に通い続けた。

幸い、深層まであるおかげでそれなりの稼ぎは得られる。過疎ダンジョンなためかライバルの盗賊もおらず、快適に宝箱を漁れた。

たまに、攻略しに来たパーティーと出会った。なんとなく忠告めいたことをするも、彼らは気にせずボス部屋へ突撃していき、そして帰ってこなかった。

愚かであること以外に、彼らにはある共通点があった。

どこか必死そうに息巻く人間が、最低一人は交じっていたのだ。

きっと自分と同じように、マイナススキルを持った冒険者だったのだろう。仲間にこれ以上迷惑をかけないように、そして他のパーティーに先を越されてしまわないようにと、必死だったに違いない。

馬鹿じゃないのか、とテトは思う。

それで死んでいたのでは世話がない。せっかく受け入れてくれる仲間に恵まれたのだから、そのまま身の丈に合った冒険を続けていればよかったのだ。

自分と違い、いい仲間に出会えた幸運を、彼らはドブに捨てているようにしか見えなかった。

冒険者の馬鹿さ加減にイライラしていた、そんな時――テトはその三人と出会った。

「俺はアルヴィン。剣士だ。こっちは神官のココルに、魔導士のメリナ。このダンジョンで出会って、臨時のパーティーを組んでいる」

舐めているのか、とテトは思った。

臨時のパーティーなんて、連携もぎこちない烏合の衆だ。しかも三人だけ。明らかに戦力が足りていない。

個々の実力がかなり高いせいかそれなりに動けるようだったが、このダンジョンを甘く見ているとしか思えなかった。

テトは、何度目かわからない忠告を試みる。

「いくらレベルが高くても、三人じゃあ難しいと思うな。やめておいた方がいいよ」

「それでも……引き返そうとは思わない。確かに想定よりも深い階層ではあった。だから今回の冒険でそのままボスに挑むかはわからないが――――」

案の定、この三人も馬鹿のようだった。

だから、少し懲らしめてやろうと決めた。

「あははっ、お兄さんたちもバカだなー。盗賊の出したものを素直に飲むなんて」

必要な物資を奪ってしまえば、冒険を続けることはできなくなる。

最下層まで、あと八層。地図があるならともかくマッピングしながらでは、どうしても進むのに時間がかかる。

底抜けの馬鹿でなければ、あきらめて勝手に帰るだろう。ありえないだろうが、もし『記憶の地図』を持っていなければ、自分のを渡すつもりでいた。

マーマンの群れをぶつけてしまったのは自分の落ち度なので、テトなりの親切のつもりだった。

しかし……あろうことか、一番気弱そうに見えた神官に邪魔されてしまった。

「言ってなかったと思いますが……わたし、【麻痺耐性・大】のスキルを持っていますので」

そんなの聞いてない、と思った。

しかも神官にもかかわらず、ココルという少女はレベルが【80】もあるという。

反則だった。

仕方がないので、テトは大人しく捕まる。

「この人はギルドに突き出しましょう！」

ココルがそう言うのを、テトは半笑いで聞いていた。

【縄抜け】のスキルがあれば、アイテムでの拘束など意味がない。彼らが『記憶の地図』を使い、ダンジョンの入り口まで戻った時点で、拘束を抜け出して逃げるつもりでいた。それでも、一応は目的を達成できる。

ソロで活動するテトにとって、名前と共に悪評が広まったところでさほど困らない。

もう二度と、誰かとパーティーを組むことはなくなるだろう。そのくらいだった。

……だが。

「いや……ちょっと待ってくれないか」

アルヴィンと名乗る剣士が、そう言って遮った。

「まず、テトさんをギルドに突き出すのはたぶん無理だ。どうせ拘束を抜け出すタイプのスキルを持ってる」

アルヴィンはまるで見透かしたように、テトの痛いところを突いてきた。

どうやら、まんざら馬鹿でもなかったらしい。テトは仕方なく、ダンジョンのことや自分のことを、べらべらと喋る羽目になってしまった。

どうして自分のマイナススキルの解説なんてしているんだろうと、テトは頭の隅で思う。彼らにとって、何の関係もないはずなのに。

しかし……、

「とりあえず、テト。あなた、私たちのパーティーに入りなさい」

どういうわけか、メリナとかいう魔導士から勧誘を受けてしまった。

紆余曲折を経て話を聞いたところによると、なんと彼らは三人共が、マイナススキルを持った冒険者だという。

しかも、そのうえ。

「どうしてパーティーを組んだかというと……私たちのマイナススキルが、うまく嚙み合ってるからなのよ。奇跡的にね」

まさかそんなことが、とテトは信じられない気持ちだった。

マイナススキル同士でのシナジーなんて。

しかもそれは、自分が入ることで完成するだなんて。

「俺たちにはあんたのスキルが必要だ。いや、ただの盗賊職としても、あんた以上の人材はそういない。ぜひ俺たちのパーティーに入ってくれないか？」

アルヴィンがまっすぐに見つめてくる。

テトにとって、他人とは限られた物を奪い合う敵だ。

十歳で冒険者となり、経験を積んでレベルが上がり、金もアイテムも思うがままに手に入れられるようになっても、幼い頃からの価値観はそう簡単に変えられない。

裏切られた経験があれば、なおさら。

――――だけど。

「あんたと一緒に、この落日洞穴のボスに挑みたいんだ」

その言葉に思わずうなずいてしまったのは――――本当は誰かと、仲良くしたいと思っていたからだろうか。

何かを奪い合うのではなく、分かち合い、共に困難へと挑んでみたかった。

幼い頃に物語で知り、そして見送ったパーティーの中に見ていた関係性を、テトは密かに、ずっとうらやましく思っていた。

四人で深層を進む。その実力ゆえか、臨時のパーティーとは思えないほどに、自分たちは息が合っている。

スキルを消すアイテムが、本当に存在するかはわからない。

存在するとしても、それがどんなアイテムか見当もつかない。

もしかしたら、たった一人しか、スキルを消せない可能性だってある。

――ただ、それでも。

この三人とならば、たとえそうであったとしても――きっと、それを奪い合うことにはならないんじゃないか。

テトはそう、根拠なく思った。

【ミイラ盗り】

パーティーメンバーが受ける
マイナスの付与効果は、
このスキルの所持者が受ける。
このスキルによって受けた付与効果は、
パーティー全体の報酬獲得率に応じて
効果が増減する。

Mummy
robbery

パーティーは、ダンジョンの最下層に到達していた。

「次、範囲攻撃来るよ！　三連！」

アビスデーモンに張り付き、ナイフを振るっていたテトが声を上げた。

それと同時に、人の背丈の倍以上もあるデーモン系モンスターの上位種が、おもむろにその大ぶりな鎌を振り上げる。

ある程度ヘイトを稼いでいた俺は、同じくダメージを与えていたテトの方へと走った。アビスデーモンは鬱陶しい近接戦闘職二人に狙いを定めるように、鎌をこちらに向ける。

これでいい。こうすることで、後衛のココルとメリナが範囲攻撃から逃れられる。

鎌が地面へと振り下ろされる。同時に発生した影の衝撃波が、大きく広がりながら俺たちへ襲いかかる。

アビスデーモンの範囲攻撃だ。

盾職の防御を貫通して後衛まで届く、この手のモンスターで最も警戒しなければならない攻撃だが……ココルとメリナは俺たちの反対側へ移動することで、きっちりその範囲から逃れていた。

この程度の立ち回りは、全員何も言わずとも当然のようにこなす。

影に被弾するタイミングで、俺は【剣術】スキルの〝パリィ〟を発動。軽い衝撃に耐えつつ、影の攻撃を受け流す。これは技術ではなくスキルでの防御なので、実体のない攻撃だって防げる。

ただ、完璧に防ぎ切れたわけではなかった。さすがに四十層のモンスターだけあって、いくらか

ＨＰが減少してしまう。【短剣術】の防御スキルを使っていたテトも、おそらく同様だろう。

だがその時。体を光が通り抜けるような感覚と共に、ＨＰが上限まで回復した。ココルの治癒(ヒール)だ。

理想的なタイミングだった。

アビスデーモンが再び鎌を振り上げる。ＨＰ残量が少ないのか、少し前から範囲攻撃は三連続になっていた。

刃先が地面へ振り下ろされようとしたその時――――後ろから飛来した巨大な光弾が、モンスターへとぶち当たった。弱点属性による大ダメージで、アビスデーモンに大きな仰け反り(ノックバック)が発生。攻撃がキャンセルされる。

メリナの光属性魔法だ。呪文の関係で連発はしにくいが、彼女はこのパーティー最大の火力を持つ。

仰け反り(ノックバック)後の硬直は、攻撃を叩き込むチャンスだ。

おそらくだが、敵のＨＰもうそれほど残っていないだろう。

俺は地を蹴り、敵との距離を一気に詰める。

そして膝をついていたアビスデーモンへ跳躍すると――――その首元へ、【剣術】スキル〝強撃〟を込めた剣を一閃した。

これを使うと、たった一撃分ではあるものの、与えるダメージ量を大幅に増加させることができる。

そして今は、その一撃で十分だった。

弱点部位を痛撃され残りＨＰを消し飛ばされたアビスデーモンが、派手なエフェクトと共に四散した。

ドロップした種々のアイテムが、辺りに散らばる。

それを見た俺は、ほっと一息ついた。そして、共に戦ったパーティーメンバーを振り返って言う。

「お疲れ。思ったよりも余裕だったな」

「やりましたねっ、アルヴィンさん！」

「なんか、びっくりするほどあっけなかったわね」

「ほんとだよー。アビスデーモンなんて、普段出くわしたらヒヤッとするのに」

実際、中層なら中ボスとして現れることもあるモンスターだ。

通常モンスターとしてなら、四十層程度ではなかなか出くわすものじゃない。おそらくここ落日洞穴では、ボスを除いて最強クラスのモンスターだろう。

しかしながら、あっさり倒せてしまった。

俺はしみじみと言う。

「やっぱりこのパーティーは戦いやすい。ドロップや経験値ボーナスを気にせずにキルをとれるのはありがたいな」

これまでは、たとえパーティーを組んでいても遠慮ばかりしていて、思い切り実力を発揮する機会はなかったように思える。

「それに、回復職（ヒーラー）も優秀だしな」

「えっ、わ、わたしですか？」

驚いた顔をするココルに、俺は言う。

「ああ。治癒（ヒール）のタイミングが毎度完璧すぎた。神官のお手本を見ているようだったよ」

回復職（ヒーラー）は、その実パーティーの要とも言われる。冒険の成否どころか、パーティー全員の命に関わる、非常に役割が重い役職だ。

しかし一方で、要求される冒険者（プレイヤー）スキルも高い、難しい役職でもあった。

特に深層ともなれば、大ダメージの攻撃が連続で飛んでくることも多い。攻撃を見てからでは間に合わないこともあるため、仲間の被弾を予測してあらかじめ呪文を唱えておくなど、高度な技術が求められる。

ココルは当たり前にこなすが、それができる回復職（ヒーラー）はごく一握りだろう。

「さすが、ボス戦を何度も経験してるだけある」

「えへへ。そんな……わたしなんかより、メリナさんの方がすごいです」

「私？」

意外そうなメリナへ、ココルがうなずく。

「はい。メリナさん、さっき一回も唱え直しがありませんでしたよね？　それでいてヘイトを稼ぎすぎないギリギリまでダメージを与えてましたし。しかも全然被弾しないですし」

「それは、まあ……そうね」

　メリナが、照れたように髪をいじりながら目を逸らした。

　魔法は、詠唱中は問題ないが、放つ時には動きを止めていないと失敗（ファンブル）する。それゆえ詠唱が終わるタイミングでは必ず立ち止まるというのが、魔法職の鉄則だ。

　しかしそのせいで、放つタイミングで敵の攻撃が来そうになると、回避を優先して魔法をあきらめざるを得ないことがある。これがいわゆる唱え直しだ。

　冒険者（プレイヤー）スキルが高い冒険者ほど少ないと言われるものの、これを完全になくすのはかなり難しい。敵の行動は予測しきれないからだ。あえて被弾覚悟で放つような魔導士もいるが、あまり誉められた立ち回りではないし、逆に機を見極めるあまりダメージを稼げないのも本末転倒だ。

　そういう意味で、メリナは非常に優秀だった。

　唱え直しがなく、被弾もなく、それでいてダメージは稼ぐ。

　魔導士としては理想の立ち回りだろう。

「わたし、途中からはずっとメリナさんにくっついてましたもん。その方が確実に攻撃を避けられるので。敵の行動パターンの把握、なんでそんなに完璧にできるんですか？　しかも一回しか見てないモーションの所要秒数まで覚えてませんでした？　変化したタイミングでも注意してくれましたし……あの時、わたし全然気づいてませんでした」

「ちょ、ちょっとそういうのが得意なだけよ！　それに……買いかぶりすぎ。私だって唱え直しはするし、被弾することもあるわ」

メリナが誤魔化すように言う。

「私より、テトでしょう」

「え、ボク？」

名前を呼ばれるとは思ってなかったのか、テトが呆けたような声を上げる。

「あなた、一番仰け反り（ノックバック）引いてなかった？　私の方がダメージ出るはずなのに。どうなってるのよ」

「あー、あれ？　あれはねー、攻撃モーションの時を狙ってダメージ入れてたからだよ。タイミングが限られるけど、なんでもない時よりもずっと低いダメージで仰け反り（ノックバック）が引けるんだ」

テトが当たり前のような顔で説明する。

それは、俺も聞いたことがあった。俗に返り討ち（カウンター）と呼ばれる現象だ。

だがそれを狙ってできる冒険者がどれだけいることか。

そもそも、有効なタイミングがわからない。本当に短い時間に限られるようで、見極めることすら困難だった。

モンスターの攻撃モーションなど無数にあり、とても覚えきれるものでもない。実用に耐えないと思い、俺も習得をあきらめた過去があった。

それを考えると、テトの戦闘センスは頭抜けている。

「それって、返り討ち（カウンター）のこと？　あなたそれ狙ってやってたの……？　そんなことができる冒険者がいるとは思わなかったわ」

「そーお？　一番納得できるタイミングを狙うと、割とうまくいくんだけどなぁ」

大したことでもないように言っているが、テトはどこか嬉しそうにも見える。

「というか、ボクよりアルヴィンだよ」

「俺か？　俺は別に、特別なことはしてなかったと思うが」

「うーんとねー……」

そこで、テトは黙ってしまった。

俺は堪（たま）らずに言う。

「おい、そこで黙られるのが一番傷つく。何もないなら最初から言うな」

「あははっ、違う違う。そうじゃなくて」

テトが笑いながら答える。

「アルヴィンはなんというか……全部上手いんだよね」

「まだ苦しいぞ」

「あ、でも、それわかります！」

「言いたいことはわかるわ。私も同じこと考えてた」

「えっ」

意外にも、ココルとメリナが賛同した。

テトが続ける。

「なんでもできるよね、アルヴィン。戦闘では普通に強いし、パーティーのこと考えてヘイト管理もするし。戦闘以外でもルートを決めたり、指示出したり、ボクたちが疲れてないか見ててくれたりもするるし」

「たぶん、ダンジョンやモンスターのこと一番詳しいのもアルヴィンさんだと思います！」

「冒険が上手い、って感じね。うまく言えないけど」

「そう、か……」

そんなことを言われたのは初めてだった。

「……今までは、自分よりも低いレベルのパーティーにばかり入っていたからな。冒険のアドバイスや、レベル上げの手伝いを求められることが多かった。そのおかげかもしれないな」

あの時の経験が役に立っているとしたら……何度もパーティーを追放されたことも、決して無駄ではなかったのかもしれない。

＊＊

それからほどなくして、俺たちは四十層のセーフポイントへたどり着いた。

このダンジョンでの、おそらく最後の休息となるだろう。簡単な食事を取った後、皆思い思いに体を休める。

「そういえば……すごくどうでもいいことなんですが」

ふと、地面に座り込んでいたココルが言った。

「【ミイラ盗り】のミイラ、ってなんですか？　テトさん」

「えっ？」

仰向けに寝転んだまま目をしばたたかせるテトへ、ココルが続ける。

「わたし、聞いたことなくて。どういう意味なんです？」

「いや……知らない」

「ええっ、なんで知らないんですか、自分のスキルなのに！」

「スキル名の意味なんて考えたことないよー。効果がわかれば十分だもん」

「確か、マミー系モンスターのことだったと思うぞ」

俺は思わず口を挟む。

「墳墓系ダンジョンの思わせぶりな原典(フレーバー・テキスト)の中に、マミーのことをそう呼んでいるものがあった」

「へぇー、そうなんだ」

「マミーって、あの包帯ぐるぐる巻きのアンデッドのことですよね……？　あんなもの盗んでどうするんですか？　テトさん」

「だからボクに訊かないでよー」

「でも、スキル名の意味はわかったんじゃない？」

手持ちのアイテムを整理していたメリナが、横から口を挟む。

「マミーって《呪い》系のデバフを撃ってくるでしょう？　そんなもの盗もうとしたら、デバフを受けるのも当然よ。きっとマミーのヘイトが一番向く相手になる、って意味のスキル名なのよ」

「いやわけわかんないよ」

「ああ！　報酬獲得率って、盗めるマミーの数ってことだったんですね！」

「だからマミーを盗むってなんなんだよー！」

テトが起き上がってわめく。

確かに、意味はわかるようでわからない。

「というかスキル名ならさー、ココルのもよくわかんないよ」

「え、そうですか？」

「【首級の簒奪者】の、首級って何？　何を奪ってるの？」

「それはわかりますよ！」

ココルが胸を張る。

「はるか昔、人間同士が争っていた時代には、戦争で敵を倒したことを証明するために、兵士は死体の首を切り取って自陣に持ち帰ったそうです。首級とはその首のことで、手柄という意味もあるんです」

「うへぇ……人間の首？　ココルのスキル名って、そんな残酷な意味だったんだ……」

「でも、こっちも効果通りのスキル名ね」

「それは、実際にあったことなのか？」

「もちろん……と言いたいところですが、聖典にそういう記述があるだけですので、本当にあったことかはわかりません」

　と言って、ココルが苦笑する。

　冒険者の神官らしく、ココルはそこまで敬虔（けいけん）な信徒というわけではないらしかった。

「聖典と言えば、私のスキル名も不思議よね」

「えっ、メリナさんのですか？」

「教会では、神は至高神ただ一柱のみ、って教えているでしょう？　じゃあ嫉妬神ってなんなのよ。他にも豊穣神とか慈愛神とか戦神とか、加護系のスキル名にはいっぱい出てくるけど、この神様たちはいったいどこの誰なの？」

「えっと……一応神学上は、本当の神様ではないって解釈されてます。至高神が自分の力の一部を分けて作った分身か、もしくはただスキル名にあるだけの存在だって」

「ふうん……思えば、この神様たちを祀（まつ）った神殿とかも、別にないものね」

「そんなに難しく考えても仕方ないと思うなー。スキル名なんて、どうせ作った人が適当に付けただけだよ」

「さすがに適当ではないと思うが……」

とはいえ、難しく考えても仕方ないというのはその通りかもしれない。

明日の生活に、目の前の敵。冒険者には、他に考えるべきことがたくさんある。

「気になってたんだけどさー」

テトが、ココルを向いて言う。

「ココルって、もしかして神学校出てるの？」

「テト、それは……」

自分が訊かれたわけでもないのに、俺は少し動揺してしまった。

冒険者には、出自を語りたがらない者が多い。理由は様々だろうが、好きでこんなろくでもない仕事をしている者ばかりでないことは、容易に想像がつく。

だから、相手の内面に無闇に踏み込まないことは、冒険者の暗黙のルールだった。長く関係を続けたいのなら、なおさら。

下手したら問い一つでパーティーが崩壊しかねないため、俺はヒヤヒヤしていたが……拍子抜けするほど、ココルは普通に答える。

「はい。ここから東の街の。と言っても、中退ですけど」

「へぇ……そうなんだ、中退」

「何も、そんなに悲惨な話ではないですよ。ちょっと実家の方の経営が傾いて、学費を出してもらえなくなっただけです。修道女になることはできたんですけど、せっかくたくさんスキルを持っているので、それなら冒険者になろうと思いまして。実は在学中から、冒険者の神官に少し憧れもありました」

「それなら、私と少し似てるわね」

メリナが言う。

「私は魔法学園の出なのよ」

「ええっ、すごいです！」

「と言っても、私も中退よ？　実家が下級貴族でね。私は四女で、嫁ぎ先も見つけられないくらいの微妙な家柄だったから、両親は学園で結婚相手を探してほしかったみたい。でも、なんだか性に合わなくて……飛び出して来ちゃったのよね。たくさんのスキルと、自由な生活への憧れが原動力だったのは私も同じ」

「二人ともすごいなぁ。なんだか育ちが良さそうとは思ってたけど」

今度はテトが言う。

「ボクなんて孤児だよ。教会のおかげで生活には困ってなかったけど、孤児院はとにかく貧しくてねー。冒険者になったのは、単にお金のためだったなぁ。持ってたスキルの量は、ちょっと関係あったかもしれないけど」

「あなたは妙にたくましいから、イメージ通りね」

「孤児院が貧乏なのは、我慢してもらいたいところです……」

「まあ、院長には感謝してるよ。今でもたまに会いに行って、ガキどもにお菓子配ったりしてる」

それからテトが、こちらを振り向く。

「アルヴィンは？　なんで冒険者になったの？」

「俺は……」

わずかに口ごもる。

思えば、こんなことを他の冒険者に話すのは初めてかもしれなかった。

「別に……よくある話だ。農民の生まれだが、兄貴がいたせいで畑を継げなかった。同世代で一番喧嘩（けんか）が強かったし、スキルも多かったから、冒険者を目指すことにしたんだ。ちょうど昔冒険者だったじいさんが近所に住んでいて、剣を教わることができたからな」

聞いた三人が口々に言う。

「普通ですね」

「普通ね」

「普通だねー」

「だから、よくある話だと言っただろう」

俺は苦笑する。

「だがマイナススキルのせいで、まさかこんなに苦労するとは思わなかった。誰か先に教えてほしかったよ」

「ほんとです！　わたしなんてマイナスとも思ってませんでしたよ！」

「珍しいスキルだと、人に訊いてもわからないものね」

「そうだねー。でも……ま、いーじゃん」

テトが朗らかに言う。

「もうすぐ、それも報われそうだよ」

テトの言葉に……俺は思わず、セーフポイントの先に広がるダンジョンへと目を向けた。

ここ四十層は、落日洞穴の最下層だ。

ボス部屋は、もう目と鼻の先にあった。

＊＊

そしてようやく、俺たちはその場所にたどり着いた。

目の前にそびえるのは、古めかしい巨大な金属扉。

それは紛れもなく、ここ落日洞穴ボス部屋の扉だった。

「……一応、ここまで来たが」

静寂の中、俺は口火を切る。

皆に訊いておくべきことがあった。

「俺たちは、ここから帰ることもできる。ここまでで運良くかなりのアイテムが手に入った。一回の冒険としては十分な報酬だろう。『記憶の地図』を使ってもいいくらいだ」

俺は続ける。

「四十層のボスともなれば、危険も大きい。しかも撤退不可のボス部屋だ。正体のわからないギミックの存在も考えると……ここで無理をする必要は、ないとも言える。今以上に準備を重ねて、後であらためて挑んでもいいし、上の階層で攻略のヒントをもっと探したっていい。地図と情報を売って、ボスドロップが市場に流れるのを待ってもいい。そういう選択肢もある。だから……皆の意見を、訊いておきたいんだ」

「……アルヴィンさんは、どうしたいんですか？」

沈黙の中、ココルがぽつりと言った。

「俺は……」

わずかに口ごもりながら、俺は告げる。

「俺は、先へ進みたい」

「……」

「今は、奇跡的に消耗が少ない。誰の怪我もなく、アイテムだって十分残っている。ヒントがこれ以上あるとは思えないし、他のパーティーが攻略して、ボスドロップを市場に流すなんて都合のいいことも考えにくい。これ以上状況がよくなるとは思えないんだ」

「……」

「俺たちは……誰が欠けてもダメだ。この四人でないと、マイナススキルを打ち消せない。だからこそ、今挑むべきだと思う」

冒険者が欠けることは、珍しくない。

怪我や病気に、事故。ふとしたきっかけで、いつもの酒場から見知った顔が消える。

彼女たちとの『次』がいつまでもあると信じられるほど、俺は楽観的ではなかった。

今が、最後のチャンスになるかもしれないのだ。

「じゃ、決まりですね」

ココルが、笑って言う。

「行きましょう！」

「……いいのか？」

「はい！　アルヴィンさんがそう言うのなら」

「そうね。私たちはそもそも、ボスを倒すためにこのダンジョンに潜ったのだものね」

メリナが、静かに言う。

「この機会は逃せないわ。私もアルヴィンに賛成よ」

「ボクも、それでいいよ」

テトも言う。

いつもの軽い調子ではなく、少しだけ真剣な口調だった。

「撤退不可は怖いし、ギミックも見当がつかないけど……でも、このパーティーならきっとクリアできる。むしろボクたちでダメなら、誰もクリアできないよ」

「そう、か」

小さく呟く。

同じ思いだったとほっとすると同時に……少し寂しくもあった。

今俺たちのマイナススキルは、マイナス効果のみすべて打ち消され、逆にプラスになっている。

このパーティーのまま冒険を続けるならば、スキルを消すアイテムなんてわざわざ手に入れる必要はない。

それでもボスに挑むのは……やはり彼女らも、このパーティーが永遠でないと思っているからなんだろう。

誰かが冒険者を続けられなくなるかもしれない。あるいは、何かのきっかけで仲違いしてしまうかもしれない。

長く続くパーティーなど、実は一握りだ。

自分一人になっても、世界は続くし、生きていかなければならない。

だからこそ、マイナススキルは消す必要がある。

俺は、ボス部屋の扉に手をかける。

「じゃあ、行くぞ」

三人がうなずいたのを確認して――――俺は、扉を押す手に力を込めた。

＊＊

そこは、ボス部屋というには殺風景な部屋だった。

壁も床も岩肌が剝(む)き出しで、燭台や装飾品の類もない。ここまでのダンジョンそのままだ。これがデーモン系のボスモンスターだと、室内はまるで王の居室のように飾り付けられていることが多いので、それと比べればなんとも味気ない。

ただ、それでも地味と感じなかったのは――――ボスモンスターの、その姿のせいだろうか。

ボス部屋の最奥に屹立(きつりつ)していたのは、一本の禍々(まがまが)しい樹だった。

ひび割れ、節くれ立った太く黒い幹。蔓(つる)のような無数の枝はねじれ、互いに絡みつくようにして伸び、天井の半分ほどを覆っている。

天井を這う枝には、わずかな葉と、色とりどりの果実がなっていた。

赤、黄、緑、青、紫……。市場に並ぶ食用のそれとは明らかに違う、丸くぶよぶよと膨らんだ、不気味な果実だ。

その異様な見た目に立ち尽くす俺たちの背後で、扉が重い音を立てながらひとりでに閉まっていく。

やはり、撤退不可のボスであることは間違いないようだ。

一瞬、扉が閉まりきらないうちに撤退すべきか迷うが、思いとどまる。今さら後には引けない。

やがて、扉が完全に閉まった時――赤い果実が一つ、天井から落ちた。

ベシャリという音と共に潰れた果実は、不気味なほど鮮やかな赤い汁を撒(ま)き散らし、床に大きな染みを作る。

「攻撃っ!?」

「い、いえ違います!」

慌てたようにナイフを構えるテトへ、ココルが言う。

「まだボスの名前が出てません! これは、たぶん演出……」

『……あな、悲しや……』

その時。

ボス部屋に、声が響き渡った。

『血潮の赤は、さにあらず……』

しわがれた、老婆のような声。

声の主は……どうやら、幹の中ほどから生えた、女の上半身であるようだ。

形こそ人のそれだが、皮膚や髪の質感は幹そのもので、黒みの強い褐色をしている。目はなく、眼窩はただの暗い凹みだった。

べちゃり、と。

また、今度は黄色い果実が落ちた。

床にできた鮮やかな黄色の染みへ、樹の女が存在しない目を向ける。

『悲鳴の黄は、さにあらず……』

俺は眉をひそめて呟く。

「ドライアド、か……?」

人型、それも女の、植物系モンスター。

ならば、そう考えるのが自然だ。たとえそれが、どれだけ醜悪な姿をしていたとしても。

今度は、緑の実が落ちた。

『恐慌の緑は、さにあらず……』

不気味なドライアドが、再び呟く。

ボスモンスターでも人型に近いものは、こうして人語を発することがある。だが、意思の疎通はできない。撤退可能なボスの例で言えば、何度来てもただ同じ事を喋るだけだ。こういったボス戦前のイベントは、俗に演出と呼ばれていた。

もしこれが、本当にこの世界の作者の演出だったのなら……悔しいが効きすぎだ。気味が悪いにもほどがある。

次に青の実が、それから紫の実が落ちる。

『慟哭(どうこく)の青は、さにあらず……絶望の紫は、さにあらず……』

老いたドライアドが、床を見下ろしている。

体の線は明らかに若い女であるにもかかわらず——そのドライアドは、俺には老いているように見えた。

声もそうだが……深くひび割れた幹に、少なく色褪(あ)せた葉、伸び放題の枝。本体の老木を思わせる様相が、そう感じさせたのかもしれない。

『あな、悲しや……妾は、かくも衰えたり』

その時、蔓のような枝の一本が、天井からするすると下りてきた。

わずかに葉の茂った枝先で、各色の床の染みを、塗り広げるように大きく撫でる。

「っ……！」

俺は目を見開いた。

枝先がなぞった後の床には——壮大な絵が描かれていた。

人々同士が争う、戦争の図。ココルが言っていた、聖典の一場面だろうか。

現実にはありえない、鮮やかすぎる色使いが、かえって目を奪わせた。

だが、ドライアドは失望したように首を振る。

『さにあらず』

床の絵が、微かな点滅と共に消え去る。

『戦場の虹は、さにあらず。妾の実は色褪せ、もはや世界を表すにあたはず。才の日は沈み、この身に残るは虚ろの宵闇のみ。あな、悲しや……』

そして……おもむろにドライアドが、俺たちを見据えた。

『才の落日は、いづれ訪れる。誰にも、等しく……汝らも思い知るがよい、妾の虚ろを……』

その時――ドライアドから湧き出た黒い霧のようなものが、ボス部屋全体を満たすように、俺たちを飲み込んだ。

咄嗟に身構えるが、ダメージはない。

そもそも、まだ戦闘は始まっていないはず。これも演出の一つにすぎないと……一瞬、そう思った。

だが。

視界の隅に表示された文字を見て、驚愕と共に間違いを覚る。

「なっ……!!」

「っ、何よこれ、デバフ!?」

「いえ、まだ戦闘は始まってないです！　それに、デバフならテトさんに集中するはずです！　これは、もっと別の……」

「……ギミックだ……」

パーティーを混乱が襲う中、テトが愕然としたように言う。

「これ、ギミックだよ！　こういうルールのボス部屋だったんだ！　これがあるから、他の高レベルパーティーが誰もクリアできなかった！　それに……ヒントだって、最初からあったんだよ！」

その言葉で、全員が理解した。

高レベルの冒険者ほど、たくさんのスキルを持っている。

ボスを倒すと、スキルを消すアイテムが手に入る。

そうだ。確かに、ヒントは最初からあった。

だが……果たして誰が、こんなギミックを予想できただろう。

俺は、視界の隅で点滅する文字を見る。

それは、大量のスキルを持つこのパーティーの、紛れもない窮地を示していた。

［スキル使用不可］。

緊張と共に、自分のステータスを確認する。

案の定……各種パラメーターは、大幅に減少していた。

メリナの【嫉妬神の加護】だけでなく、元々持っていた【筋力上昇・大】【敏捷性上昇・中】などのスキルも、効果が失われている。

落日洞穴ボス部屋のギミックは――――これまで聞いたこともない、スキル縛りというルールそれ自体だった。

『あなや、されど……妾は諦めきれぬ。酸鼻なる争いの景色を、描かずにはいられぬ。虚ろからなお湧き上がるこの衝動を、誰が阻めよう……。実は、用を為さぬ。なればこそ……色が要る』

老いたドライアドの、樹体全体がうごめく。

『血潮の深緋が、悲鳴の山吹が、恐慌の虫襖が、慟哭の水縹が、絶望の淡藤が、妾には足りぬ……。あなや、人の子らよ。争いを厭わぬ、愚かな客人よ』

幾本もの枝が、触手のように天井から垂れる。

ひび割れた樹皮の口が、静かに告げた。

『惨たらしく死に、妾の画材となれい』

ドライアドの上方に、一つの文字列が現れる。

ダンジョンボス特有の現象であり、戦闘開始の合図でもある、モンスター名の自動表示。

それは、やはり初めて目にする名だった。

〈ダスク・ドライアド・ミューラルメイカー〉。

ボス戦が始まった。

＊＊

「っ！　とにかく、陣形を崩すな！」

混乱を抑えるように、俺は指示を飛ばした。

前衛がヘイトを稼いで壁となり、後衛の大火力や回復要員を守る。

それがパーティー戦の基本だ。この陣形を崩されれば負ける。スキルが使えなくとも、セオリーは変わらない。

その時、枝の一本がしなった。

赤い実のなった枝先を地面に叩きつけ、汁をべったりと塗りたくる。

「っ!?」

その赤い染みから、モンスターが二体湧き出た。

ヒートサラマンドラ。火属性のトカゲ型モンスター。

「こういう攻撃か！　まず雑魚を倒すぞ！」

取り巻きがいるボスの場合は、取り巻きから処理するのが鉄則だ。

距離を詰めようと地を蹴って……俺は違和感を覚えた。

「……？」

ヒートサラマンドラへ肉薄し、弱点部位である鼻面を斬りつける。

仰け反り(ノックバック)が発生、するはずだった。だが予想に反して、火トカゲは構わず噛みつき攻撃を仕掛けてくる。

すんでのところで躱(かわ)し、再び攻勢に出る。数度の攻撃で、ようやく一体を倒し終えた。

「なんだ……？」

やはり違和感がある。

残る一体が、こちらへ口を開けた。火球を吐くモーション。阻止は間に合わないが、受け流せば隙を突ける。

赤いトカゲの口から、火球が吐き出される。

俺はそれを〝パリィ〟で防ごうと――――、

「っ……!!」

防げなかった。

熱と痛みに、思わず後退する。ＨＰの減少幅が、〝パリィ〟の失敗を示していた。

「アルヴィンっ！」

声と共に、数本の投剣が飛来。ヒートサラマンドラに突き立っていく。遅れて振るわれたテトのナイフが、火トカゲをエフェクトと共に四散させる。

「何やってんだよっ！」

「っ、悪い」

俺は自分の間抜けさに歯がみする。

そう、スキルが使えないのだ。

【剣術】スキルが使えなければ、〝パリィ〟には頼れない。AGI（敏捷）やSTR（筋力）も下がっているせいで、足は遅いし火力も出ない。

今までと同じ感覚で戦っていたら、負ける。

「アルヴィンさん！」

ココルの声。体を光が通り抜けるような感覚と共に、HPが全回復する。

フォローが早い。彼女はこんな時でも冷静だった。ステータス的にも、ココルのバフにかなり助けられている状況だ。

再び、枝が叩きつけられる。今度は黄色。

湧き出たライトニングスパイダーを、爆裂魔法が襲った。

何もしないまま仰け反り（ノックバック）する大グモに、テトがナイフを突き立て、エフェクトと共に四散させる。

メリナが叫ぶ。

「麻痺に気をつけて！　今は……」

その時、先ほどの枝が再び振るわれた。

黄色く染まっていた枝先が床に叩きつけられると――そこから地を這うように、稲妻のエフェクトが走った。

「枝本体も攻撃を……っ!?」

ランダムに分岐するそれは、たまたまその進行方向にいたココルに命中する。

「いっ……！」

小さな悲鳴と共に、ココルが倒れた。

そのまま起き上がらない。

ココルの簡易ステータスに目をやった俺は、ぞっとする。

《状態異常：麻痺》。

「まずい……っ！　テト、少し頼む！」

「わ、わかった！」

今度は赤く染まった枝が振るわれ、複数の火球が現れた。

すんでのところでココルを抱えた俺は、横転。火球の一つをなんとか躱す。

地面に手をつきながら、俺はストレージからアイテムを取り出した。『イエローゴブリンの解毒薬』。実体化したそれを、急いでココルに振りかける。

「ココルっ！　大丈夫か！」

「う、ぐ……は、はい。助かりました」

ココルが自分の足で立ち上がる。

倒れた時に切ったのか、口元には血が滲んでいた。だが、力強く言う。

「すみませんっ、麻痺は状態異常回復で対応しようと思って、油断してました！　わたしの【麻痺耐性・大】も、今は無効でしたね……。これからは《麻痺耐性》バフで対応します！」

「動けそうか？」

「大丈夫です！　アルヴィンさんは前衛に戻ってください！」

また、枝が振るわれる。今度は青。

湧き出たアイスゴーレムに、メリナの雷魔法が突き立つ。

しかし、歩みが止まらない。ダメージが思ったよりも通っていないようだった。

ヘイトを稼いでしまったメリナへ、巨腕が振り下ろされる。

そこへ、かろうじて俺の剣が間に合った。

腕の攻撃を弾くと、《物理耐性貫通》のバフを利用して核を痛撃。青い巨体を四散させる。

息を荒らげたメリナが謝る。

「ごめんなさい！　ダメージ量を見誤ったわ、【属性強化】込みの威力で考えてたてっ……」

ドライアドは攻撃の手を緩めない。叩きつけられた枝が緑色の染みを作り、今度はエルダーマンドレイクが湧き出る。

近くにいたテトが応戦するが、やはり【短剣術】とパラメーター上昇系スキルが失われているせいで、そこまでの火力が出ていない。

その時、緑に染まった枝が地面に叩きつけられた。

出現した緑の蔓が地を這うように伸びて――――テトの小さな体に巻き付き、捕らえる。

「うわっ……!!」

テトは必死にもがくが、抜け出せる様子がない。テトの目の前で、エルダーマンドレイクの太い根が振り上げられる。

だがそこで、メリナの火属性魔法が間に合った。

火球がぶち当たり仰け反り(ノックバック)するマンドレイクの眼前で、俺は蔓を斬り、テトの拘束を解く。そのまま流れるようにマンドレイクへ剣を叩き込み、根のモンスターを四散させる。

「大丈夫かっ？」

「あ、ありがと、アルヴィン……。いつもだと【縄抜け】が使えるから、気を抜いてた……」

もうボロボロだった。パーティーが全然機能していない。

普段、自分たちがどれほどスキルに頼っていたかを思い知った。

スキルとは、これほどまでに大きなものだったのか。

考えてみれば当たり前だ。努力もなしに、時には努力では絶対に手に入らないような力や技を、生まれながらに得る。

マイナススキルの不遇にばかり囚われ、俺は……自分の持つ他の、たくさんのスキルの恩恵を、ろくに考えたこともなかった。すべてのスキルを失って、ようやくその大きさに気づいた。

枝が叩きつけられる。今度は紫。

湧き出てきたのは、毒々しい紫の鎧(よろい)を持つ、三体のポイズンスティール・メイル。毒の状態異常を使う、リビングメイル系モンスターだ。

さらに紫に染まった枝が振られ、飛沫が毒沼トラップを生成する。上に立つと一定時間で毒状態になる厄介な代物だが、今はテトの高価なポーションのおかげで耐性があることが救いだ。

上に引っ込んでいく枝を見ながら、俺は舌打ちする。

呼び出す雑魚を倒すばかりで、肝心のドライアドにはまだわずかなダメージも与えられていない。本体か枝を攻撃したいところだが、そんな余裕もない。

「俺が二体受け持つ！　残り一体を頼む！」

叫びながら走り、鎧二体のターゲットを取る。

数が多い。まずここで二体を押しとどめているうちに、メリナとテトに一体を処理してもらう。

紫色の剣が振り下ろされる。それを弾きつつ、もう一体の攻撃をかろうじて躱す。

俺は、騎士職のような純粋な盾職(タンク)ではない。だが、この程度のモンスター二体のターゲットを取りつつ、どちらも倒すくらいのことはこなせるはずだった。

いつもなら。

「くそっ……！」

やりにくい。

スキルが体に染みついていたせいで、今の自分に何ができて、何ができないのかがすぐにわからない。

再び振るわれた紫の剣を弾く――――弾けなかった。

想定外のことに、思わず体勢が崩れる。

もっとSTR(筋力)があれば、起こらなかったはずの誤算。

もう一体のポイズンスティール・メイルが、刺突のモーションを始めた。

まずい。

あれは高威力の攻撃だ。受けられない。〝パリィ〟も……今は使えない。

下手すれば、もう一体との連続攻撃でHPが消し飛ぶ。

どうする？

鎧の鉄靴が、地を蹴るのが見えた。

どうする？

迫る剣先が、妙に遅く感じる。

どうする？

俺は――――――、

「っ！」

その時――――体が勝手に動いた。

浅い角度で剣を置くように、紫色の刺突を受け流す。

大幅にHPを削ったはずの一撃は、俺にわずかな衝撃だけを残し、外れていく。

そして俺は、大きな隙を見せたその一体へ剣を引き絞ると――――そのまま鎧の腰部にある隙間へ、全力で突き入れた。

リビングメイルの弱点部位は、胴の内側にある小さな魔法陣だ。

そこへ会心の一撃を叩き込まれたポイズンスティール・メイルは、一瞬後、エフェクトと共に派手に四散した。

その様子を見つめながら、俺は思う。

そうだ……忘れていた。

俺が今手にしているのは、決して生まれ持ったスキルだけじゃない。

残る一体の剣を躱しつつ、反撃に脚部への横薙ぎを放つ。その後もあえて弱点部位を外し、足への攻撃を続けていると……やがて右の鉄靴が壊れ、鎧が倒れた。

部位破壊だ。

左足のみとなったポイズンスティール・メイルは、起き上がれない。モンスターや破壊部位によっては、こういうことも起こる。

「アルヴィンさんっ、大丈夫ですか！」

「　　　　　　　」

「こっちは処理したわよ！」

仲間の声を聞きながら、俺はドライアドの様子を眺める。

呼び出したモンスターが瀕死（ひんし）の一体しか残っていないにもかかわらず、動く気配はない。おそらく、すべての雑魚を倒すことが、次の攻撃の条件なのだろう。

俺は息を吐く。

思えば、こんな分析をする余裕すら失っていた。苦戦するわけだ。

「みんな、聞いてくれ」

俺は、パーティーの仲間たちへ告げる。

「――――勝てるぞ」

＊＊

「ア、アルヴィンさん……？」

ココルが戸惑ったような声を上げる。

メリナもテトも、彼女と同じような表情をしていた。

俺は言う。

「全員、動揺しすぎだ」

ドライアドは動きを止めたままだが、あまり時間はかけられない。

「落ち着いて考えろ。俺たちは深層冒険者だ。パーティーの平均レベルは54。四人でなら、四十層のボス程度問題なく倒せるはずなんだ」

ボス攻略のパーティー平均レベルは、階層数プラス10が望ましいと言われる。実際には、階層数と同じくらいの平均レベルでもクリアされることは多い。

俺たちが勝てないはずがないのだ。

「で、でもアルヴィン」

テトが恐る恐る言う。

「ここではスキルが使えないんだよ？　ボクたちがここまでレベルを上げられたのも、パーティーを追い出されたって冒険者を続けてこられたのも……全部マイナススキルと引き換えに持ってた、たくさんのスキルのおかげじゃないか！　それが使えないのなら、ボクたちは……」

「俺は、そうは思わない」

テトに向け、迷うことなくそう宣言する。

「俺は……決して生まれ持ったスキルだけで、ここまで来たわけじゃない。必死に剣術を磨いたし、ダンジョンやモンスターの知識も学んだ。冒険者として生きていくために、懸命に努力してきた。だから、今の俺がある。――――戦闘も戦闘以外も、全部上手いと言ってくれたのは君だろう、テト」

「っ……」

「みんなも、俺と同じなんじゃないか？」

俺は続ける。

「ココルはとにかくすごいよ、こんなに上手い回復職（ヒーラー）には出会ったことがない。メリナもだ。呪文を覚える記憶力も、狩りの地形やモンスターの攻撃パターンを見出す目敏さも、メリナに勝てる奴はいないだろう。テトは、同じ前衛として嫉妬するよ。返り討ち（カウンター）は昔、俺も身につけようとしてできなかったんだ。有効タイミングや弱点部位を見つけるセンス、そしてそこを的確に突ける技術は、素直に尊敬する」

三人は、黙って俺の言葉に耳を傾けている。

「みんな、努力してきたはずだ。ここにいる誰の強さも、生まれ持ったスキルだけに頼って身につけられるものじゃない。何かを学んで、研鑽（けんさん）してきたはずだ。そうやって得てきたものがあるはずなんだ。それはレベルもそうだし、覚えた呪文や、集めたアイテムもそうだろう。だが、何よりも――――」

俺は、一番伝えたかったことを告げる。

「――冒険者（プレイヤー）スキル、なんじゃないのか」

冒険者（プレイヤー）スキル。

スキルとも、レベルとも、パラメーターとも違う、冒険者としての強さ。

ステータスとは一切関係ない、自分の身体に刻みつけた素の技術（スキル）のことを、冒険者たちはそう呼んでいた。

「ここは、きっとそういうダンジョンなんだ」

普段と違うことがあった時は、なぜかをよく考えるようにしている。

余裕がない中でも、俺は頭の隅で常に考えていた。

「階層によって様々なモンスターが出る。そしてボス戦では、スキルを使用できない――。もし箱庭の作者がいて、このダンジョンの作りに意図があるのだとしたら……すべては冒険者(プレイヤー)スキルを試すためだったんだと、俺は思う。生まれ持った才能ではなく、努力が試されるダンジョンだった。だからこそ――俺たちは、勝てる」

俺は告げる。

「マイナススキルを持ちながら努力してきた俺たちが、勝てないはずがないんだ」

皆の沈黙が、静寂を作る。

だが、それはすぐに破られた。

「そ……そうだよ！」

テトだった。

「ボクたちなら勝てるよ！　よく考えたら、たかが四十層のボスだもんね。五十層まで潜るボクがクリアできないなんておかしい。スキルなんてなくたって余裕だよ！」

「ちょっと、慌てすぎていたみたいね」

メリナがふと笑って言う。

「召喚される取り巻きも、枝の攻撃も、別に大したものじゃなかったわ。それでこっちは四人だもの、スキルが使えないくらいの縛りがあってもいいわよね」

それから――――皆の視線が、ココルへと向かう。

「わたしは……信じようと思います」

神官の少女が、顔を上げ、力強く言う。

「アルヴィンさんの言葉と……わたし自身の技術（スキル）を」

パーティーの意思は決まった。

ここからが、本当の戦闘開始だ。

テトが投剣を摑みながら、メリナが杖を構えながら、ドライアドの本体を見据える。

「そういえばさー、まだボスにダメージ入ってなかったよね」

「どう攻略するのがいいのか、ちょっと確かめてみましょうか」

投剣と火球が、ドライアド本体に向けて放たれる。

だがそれは、蔓のような枝が無数に集まり盾となり、防がれてしまった。

どうもダメージが入るようには見えない。

しかし、それは全員の想定内だった。

「決まりね。本体への攻撃はまだ届かないわ。枝を攻撃するわよ」

「ああ」

俺は振り上げていた剣を、地面を這っていた最後のポイズンスティール・メイルへと振り下ろす。

紫色の鎧は、残りのＨＰを消し飛ばされて四散した。

「――――さあ、来い」

＊＊

赤い実をつけた枝が降る。

床の染みから再びヒートサラマンドラが現れるが、今度は無視。火球を放つべく垂れてきた枝を斬りつける。

取り巻きから片付けるのは鉄則だが、今は枝への攻撃を優先するべきだ。そうしなければ本体へダメージが入らない。

雑魚を倒してしまうと新たな枝が出てくるため、あえてヒートサラマンドラを一体残し、赤の枝へ攻撃を集中させる。

その程度のことは、言葉を交わさずとも皆理解できている。

長く冒険者をやってきたのだ。

その時、赤の枝が大きく震え、上に引っ込んでいった。床の染みと、残っていたサラマンドラも同時に消滅する。

どうやら、枝へダメージが蓄積するとこうなるらしい。

「次、黄色が来るわよ！」

メリナの声の直後、降ってきた枝が黄色の染みを作る。湧き出たのはライトニングスパイダーではなく、今度はサンダーサラマンドラ。

麻痺はまずい。雷を吐かれる前に倒そうとしたその時、ココルの声が響き渡る。

「大丈夫ですっ！」

その瞬間、視界の隅にバフを示す文字列が点滅した。

《麻痺耐性》。

状況が一変する。

俺はサンダーサラマンドラを無視し、地面へ叩きつけられた枝へと駆けた。ジグザグに地面を走る稲妻が命中するが、少しＨＰが減っただけで麻痺にはならない。

勢いのままに渾身の一撃を叩き込むと、次いでメリナの爆裂魔法とテトの投剣が襲いかかった。

枝はそれだけで上に引っ込んでいき、黄色の染みとサンダーサラマンドラが消滅する。

先ほどより早い。枝ごとに耐久が違うのか。

それにしても――――ココルのバフは、やはりタイミングが完璧だ。

「次、紫！」

メリナの声。そして宣言通りの枝が降る。

紫の染みから湧き出たのは、紫色のゴーレム。アメジストゴーレムだ。

毒は使わないものの、闇属性と物理攻撃に耐性があり、攻撃力も高い面倒なモンスター。

巨腕の攻撃を剣で受け流しつつ、考える。

紫の枝は、毒沼を作るとすぐに引っ込んで出てこない。ここは取り巻きを倒して枝を替えるべきだ。

《物理耐性貫通》バフを頼りに、強引にゴーレムへダメージを叩き込み、仰け反り（ノックバック）させる。

その時ふと、疑問が浮かんだ。

このバフ――いつまでかかっているんだ？

答えは、次の瞬間に出た。

とどめの一撃を叩き込もうとしたその時、一瞬バフのアイコンが消え、微かな例の感覚と共に、再び表示される。

エフェクトと共に四散するゴーレム。その前で、俺は戦慄していた。

ココルはずっと――バフをかけ直してくれていたのだ。

《物理耐性貫通》だけでなく、おそらくはパラメーター上昇系を含めた、すべてのバフをずっと。

切れたことにも気づかせないほどの、絶妙なタイミングで。

バフは、かかっている最中に上書きして、効果時間を延ばすようなことはできない。必ず切れてからかけ直す必要がある。

その瞬間を、ココルは完璧に把握していた。

それはいったい、どれほどの技量なのだろう。

「黄色が来るわよ！」

メリナの声。直後に、黄色の実をつけた枝が振るわれる。

だが。

それは地につく前に――――飛翔する投剣に迎え撃たれた。

投剣は黄色の実を貫通して弾けさせ、枝に突き立つ。

『――――ッ!!』

ドライアドの声なき苦鳴と共に、枝が大きく揺れ、引っ込んでいく。

俺は目を瞠(みは)った。

それは紛れもなく、ドライアドがこの戦闘で初めて見せた、仰け反り(ノックバック)だった。

「あー、やっぱりね」

テトが、薄い笑みを浮かべる。

「弱点部位と有効タイミングは、そこだと思ったよ」

返り討ち(カウンター)だった。

弱点部位と有効タイミングが感覚でわかるというテトの言い分を信じるなら、それはできてもおかしくないことなのだろう。

だが……このような異形のボスモンスターのそれまで、わかるものなのか。

「なるほどね」

メリナが小さく呟く。

その杖は、すでに天井へ向けられている。

枝が伸びた瞬間、稲妻が飛んだ。

それは青色の実を割り、茂る葉を散らす。ドライアドが再び苦鳴を発して、枝を引っ込める。

メリナが得意げに言う。

「返り討ち（カウンター）のタイミングはわからないけど……弱点部位を弱点属性で攻撃できれば、ダメージは十分よね」

「は……」

速すぎる。

枝の実が見えるとほぼ同時に、雷魔法が飛んでいた。詠唱時間を考えると、メリナは攻撃のずっと前から、実が青色であることを予測していたことになる。

予兆などないはず。いったいどこで見極めているのか、俺には見当すらつかない。

そこからは、もはや作業だった。

テトの投剣やメリナの魔法で実を割られ、ドライアドはモンスターの召喚すらままならない。

《麻痺耐性》のおかげでカモになっていた黄色の枝は、あえて実を割られずに攻撃を叩き込まれる有様だ。

『あなや、むつかしき人の子らよ……』

ＨＰが減ったためか、攻撃パターンが変わる。

枝が二本同時に降り、複数のモンスターが召喚されるようになる。

だが、作業内容はほとんど変わらなかった。片方の実を割り、振り下ろされたもう一方の枝に攻撃を叩き込むようになっただけ。

やがて、今度は二つ以上の実をつけた枝が、色を混ぜ合わせて複属性のモンスターを喚ぶようになった。赤紫のラーヴァスコーピオン。青紫のテンタクルスライム。青緑のフローズントレント。黄緑のエレクトロードカクタス。

だが、同じことだった。

召喚されるモンスターは、せいぜい四十層で出てくる通常モンスター程度の強さしかない。俺たちならば、下手すればソロでも倒せてしまう。なんの問題にもならない。

やがて、ドライアドが再び言葉を発する。

『あなや、むつかし、むつかし。いみじくも暗き、人の子ら。化生の牙で足らざらば……是非もなし』

その時、ボス部屋全体に、地響きが起こった。

硬い岩の床が割れ、黒い触手のようなものが何本も現れる。それはどうやら、ドライアドの根であるようだった。

太い根が樹体を持ち上げ、地中から引き抜く。振動で枝全体が震え、実のほとんどが床に落ちて潰れるが、前のめりになったドライアドが意に介す様子はない。

『妾の筆が、直に撫でてくれようぞ』

それを見て……俺はわずかに口の端を吊り上げ、皆に叫ぶ。

「よし！　おそらく本体を攻撃できるようになったぞ、もうすぐだ！」

仲間たちの声が、それに応えた。

ドライアドが、俺たちに向けて枝を振るい、根を叩きつける。

黒々とした樹液が飛び、できた染みからはハイデーモンやヘルハウンドといった、闇属性モンスターが湧き出る。

だが――――俺たちは崩されない。

メリナの光属性魔法が雑魚を消し飛ばし、振るわれる枝や根を、俺とテトが攻撃する。

後衛が狙われないようヘイト管理を徹底しながら、着実にドライアドへダメージを与えていく。

多少攻撃を受けても問題ない。減ったＨＰは、ココルの治癒（ヒール）がすぐに回復してくれる。

「影の範囲攻撃来るわよ！　左の枝！」

メリナの声と同時に、左の枝が動く。

俺たちは、すぐに陣形を動かす。

後衛に攻撃が届かないような立ち位置。アビスデーモンの時と違うのは、俺もテトも防御スキルが使えないために、ある程度後ろに下がってダメージを減じなければならないところだ。

だが――――俺はその時、地を蹴った。

ドライアドとの距離を詰めていく。

「アルヴィンっ!?」

予定外の動きにテトが俺の名を呼ぶが、振り返らない。

予感があったのだ。いける、という予感が。

すぐ目の前で、枝が叩きつけられる。

樹液と共に広がった影の波動が、俺に襲いかかる。

まさに被弾し、HPが大幅に削られるというその時――――俺は剣を立て、影の攻撃をパリィした。

軽い衝撃と共に、わずかにHPが減少。だが、受け流せた。うまくいった。

岩の床を蹴り、高く跳躍。さらに根を蹴って、樹体へと肉薄する。

そして。

厳めしい幹から生えた、ドライアドの首に――――渾身(こんしん)の力で、剣先を突き入れた。

『あ、が…………』

ドライアドが呻く。

樹皮でできた女の口から、大量の黒い樹液が吐き出される。

『才の、落日は……いづれ、訪れる。誰にも、等しく……』

俺のすぐ横で、老いたドライアドが言葉を発する。

それはおそらく、終わりの演出だった。

『あなや……されど、この身に……人の子の愚直さが、あったならば……』

そして、その台詞を最後に。

落日洞穴のボス、ダスク・ドライアド・ミューラルメイカーは――――壮大なエフェクトと共に砕け散った。

＊＊

エフェクトの残光と、大量のコインやアイテムが散らばった中心で……俺は、呆然と立ち尽くしていた。

勝った……のか。

しかも、最後は俺の一撃で。

現実感が湧かない。ボス戦に参加したことは数度あるが、キルを取ったのは初めてだった。

こんなに思い切り戦えたのも。

「アルヴィンさんっ!!」

不意に衝撃を感じて、俺は驚く。

ココルが抱きついてきていた。

感極まったのか、半泣きで笑っている。

「やりましたね！　やりましたねアルヴィンさん！」

「……ははっ。ああ、そうだな」

俺も、思わず笑みがこぼれる。

「やっほーぅ！　やったねー、アルヴィン！　最後決めてくれちゃってさー！」

「まったく、ヒヤヒヤさせるんだから……でもすごいわ、アルヴィン。私たち、勝ったのね」

テトとメリナも、俺たちを取り囲んで口々に言う。

二人も嬉しそうだった。俺も、ようやく実感が湧いてくる。

俺たちは、このダンジョンをクリアしたのだ。

「でも、終わってみれば……けっこう楽しいボスだったね。はい赤！　はい緑！　って。失敗しちゃった人たちには、申し訳ないけどさ」

「そうね。ボスのモチーフも興味深かったわ。年を取ったドライアドの絵描き？　だったのかしら。言葉遣いも単語や文法が独特だったし、凝ってたわね」

「落ち着いて考えると、あんまり難易度も高くなかったですよね。四十層のボスにしては」

「もしかすると……スキルを使用不可にする分、他のステータスが抑えられていたのかもしれないな」

ダンジョンは、バランスが取れているものだ。それはボスだろうと変わらない。

開始直後に即死攻撃を撃たれるような理不尽さは、ここにはない。

むしろ……理不尽なのは、下手したらこちらの方だったかもしれない。

俺は、戦闘中ずっと思っていたことを口にする。

「こういう言い方をしてはアレなんだが……三人とも、ちょっと気持ち悪いほどだよな」

「え、ええっ!? なんでそんな急に辛辣なんですか!?」

口をあんぐりとあけるココルに、俺は言う。

「ココルのバフだが……あれはどうなってるんだ？」

「え……？ ああっ、あれのことですか」

聞いたココルが、笑顔になって言う。

「アルヴィンさん、知ってましたか？ バフって、効果が切れるその瞬間にかけ直すと、付与エフェクトがすごく小さくなるという小技があるんですよ。特に意味はないんですけど、支援職の間では有名でして。かけ直してたの気づかなかったでしょう？」

「あ、ああ……それは、狙ってやってたのか？」

「……？ そうですよ。タイミングとしては理想なので、これが完璧にできるようにがんばって練習しました。神官なら当然です！」

「……」

ココルは胸を張って言うが、当然ではないと思う。

常にそんなことができる神官なんて聞いたことがない。そもそも支援職以外に知られていない時点で、使える人間がほとんどいないことは明らかだった。

「ま、まあいいか……。メリナにも訊きたいことがあるんだが」

「何？」

「ドライアドが次に攻撃してくる色は、どうやって予測してたんだ？」

「そんなこと？」

メリナは、大したことじゃないように言う。

「枝が降ってきて少しすると、天井の枝がざーって動いて、隠れてた実が出てくるのよ。それが次の攻撃色。口で言ってもわかりにくいから、あの場では言わなかったけどね」

「……そんなの、よく気づいたな」

「そう？　天井に見えてる実の数が変わらなかったら、なんとなく怪しいって思わない？　後衛だと視野が広くなるから、意外と気づけるものよ」

「……」

絶対そんなわけないと思う。

ボスの中には、まるで行動パターンに気づいてほしいかのように攻撃の兆候を示すものもあるが、これは確実にそういうやつじゃない。本来だったら気づかれずに終わっていたはずのものだ。

「ま、まあいいか……。テトは……まあいいか」

「えー、何それ！　ボクにも何か訊いてよー」

「訊いてもどうせわからない」

初見のボスの弱点部位を見抜き、有効タイミングを見極めて返り討ち（カウンター）を決めるなんて芸当、どんな説明をされてもできる気がしない。

本当に、この三人はどうなっているんだろう。

「今さらだが……なんだかとんでもないパーティーに入ってしまった気がするよ。凡人の俺からすれば、みんな何をやっているのかわからなくて怖いくらいだ」

三人ともが、一瞬沈黙する。

だが、すぐに口々にわめき始めた。

「いやいやいや！　アルヴィンさんに言われたくないですよ！」

「何をやってるのかわからないはこっちの台詞よ！」

「アルヴィンのあれこそなんだったのさ！」

俺は首をかしげる。

「あれ、ってなんのことだ？」

三人は顔を見合わせた後、代表するようにココルが言う。

「わたしは、剣士のことはよくわからないんですけど……あの影の範囲攻撃を受けた時、アルヴィンさん〝パリィ〟を使ってませんでした？　あと最後に〝強撃〟も……【剣術】スキル、使えなくなってたはずですよね？」

「ああ、あれか」

　俺は説明する。

「実はパリィは、【剣術】スキルがなくてもできるんだ」

「え？」

「……？」

「はあ？」

「モンスターの攻撃は、身体が傷つくことこそないが、衝撃はあるだろう？　それを上手く受け流すようにすると、【剣術】スキルの〝パリィ〟と同じように、ＨＰも減らないし体勢も崩れなくなるんだ。〝強撃〟も同じだな。スキルと同じ動きを意識すると、火力が上がる。たぶんだが、【剣術】スキルは実際には、こういう動きを補助（アシスト）するだけの効果なんだと思う」

　三人は呆気にとられたような顔をしている。

「ええ……そんなの初めて聞きました。ちょっと、衝撃なんですけど……」

「もしかして、ボクの【短剣術】や【投剣術】もそうなのかな」

「おそらくな。他の武器スキルのことはよく知らないが」

「アルヴィン。あなたそれ、自分で見つけたの？」

「いや。剣の師匠だった元冒険者のじいさんから聞いたんだ。じいさんは【剣術】スキルを持っていなかったからな。スキルに頼ってしまう俺では、一生気づけなかっただろう」

役に立たない教えだと思っていた。スキルがあるなら、それを使えば済む。

だが、ここにきてあの教えが生きた。

じいさんに怒鳴られ、いやいやながらに練習した甲斐があったというものだ。

「もっとも、うまくいくことの方が少ないんだけどな。そのうえ冒険者になってからはスキルに頼りっぱなしだったから、さっきのは奇跡みたいなものだよ」

「えー？　じゃあなんでやろうと思ったのさ」

「なんとなくだが……できる気がしたんだ」

たぶんその直感も、冒険者スキルだったんだろう。

「えへへ、すごいパーティーですね。わたしたち」

「本当にね。マイナススキルのシナジーが、大したことないように思えるくらい」

「ボクたちだったら、もっと深い階層のボスだって倒せるんじゃない？」

「そうだな。今度行ってみるか」

それまでは、マイナススキルもそのままでいいかもしれない。

せっかくシナジーを発揮しているんだ、まだ消さなくても……、

と、考えたその時。

俺は、急に思い出した。

「あっ！　そ、そうだ！　アイテムはっ……？」

俺の言葉に皆はっとすると、あわてて辺りのアイテムを拾い始める。

すっかり忘れていた。俺たちはボスドロップを目当てにこのダンジョンへ来たんだった。

ボスドロップのアイテムは時間経過で消えたりはしないが、そういう問題じゃない。俺も必死で、メインとなるドロップアイテムを探す。

さすがに四十層のボスだけあって、高級そうな素材アイテムがたくさんあった。中には高価な薬草や装飾品も落ちている。

と――その時、一つのアイテムが目に入った。

歩み寄り、静かに拾い上げる。

それは、弓だった。

ドライアド本体の幹と似た質感の弓身だが、実の色で染まっているのか虹のごときド派手な色合いをしている。

詳しい情報を見るため、俺は弓のステータスを見る。

「……」

それを確認し……俺は察した。

とりあえず、三人を呼ぶために声を上げる。

「みんな、見つけた！　……と、思う」

思い思いにアイテムを拾っていた三人が、それを聞いて急いで駆け寄ってくる。

「ほんとですかっ？」

「思うって何よ、思うって」

「これなんだが……」

弓を見せると、ココルとメリナが眉をひそめる。

「弓、ですか……？」

「武器じゃないのよ。強そうだけど」

「俺の考えで合っているのか、確かめたいんだが……テト、弓の良し悪しはわかるか？」

「え？　うん。たまに宝箱から拾って売ってるから、少しは」

「俺は剣以外の武器はよくわからないんだ。ちょっと見てみてくれないか？」

「いいけど……」

訝しげに弓を受け取り、テトがステータスを開く。

それから、すぐに目を見開いた。

「えっ、何これ、つよっ⁉　うわぁ、威力もすごいけど、DEX（器用さ）上昇効果までついてる⁉　しかも矢に火、水、風属性付与、毒矢と麻痺矢は成功率アップ⁉　とんでもないレア弓だよこれ！」

テトが驚いている。

やはり、強力な弓だったらしい。

「これ見た目はひどいけど、売ったらきっとすごい額に……ん？」

と、ステータスの一点を見つめ、テトが急に眉をひそめた。

「え、何この効果……。こ、これ、もしかして……」

「やっぱり、そういうことか？」

微妙な表情で訊ねる俺の後ろから、ココルとメリナが声を上げる。

「何？　なんて書いてあるんですか？」

「見えないから読み上げてくれない？　テト」

「えっと……」

ややうろたえつつ、テトがステータスの文面を読み上げる。

「これ、DEX（器用さ）上昇とか属性付与と同じ、武器の効果の内の一つなんだけど……【スキル封印・小】って……」

「え？」

「はい？」

「で、その説明を見てみると……『所持スキルの内、一つがランダムで使用不可になる』って……」

聞いていた二人が、目を丸くする。

「な、なんですかそれっ!?　明らかにマイナスの効果じゃないですか！」

「もしかしてそれ……デメリット武器なの？」

「デ……え？　なんですか？」

知らないらしいココルへ、メリナが説明する。

「ごくまれにあるのよ。威力や効果が強力な代わりに、デメリットになる効果も一緒に付いている武器が。普通は、パラメーターが下がるようなものが多いんだけど……」

「こういうのもあるんだね。ボク知らなかったよ」

テトがそう言って、弓に目を落とす。

デメリット武器は珍しい。俺も実物は初めて見た。

「それにしても、使いづらそうな弓ね。ランダムで一つ、ってところがいやらしいわ」

「そうだな。どのスキルが無効になるかわからなければ、戦略も立てにくい。毎回混乱しそうだ」

「これが使えそうな人となると、そうね……弱めのスキルを一つだけ持ってるか、もしくはまったくスキルを持っていない冒険者ってことになるかしら。もちろん、弓手職の」

「弓手って、そんなに数いないんだよねー……高く売るのは難しそう」

そう言って、テトが肩を落とす。

金を持っているのはやはり高レベルの冒険者だが、彼らは同時にスキルもたくさん持っていることが多い。

しかも後衛では魔導士の方が求められがちで、弓手は数が少ない。

テトの言う通り、あまり需要はなさそうだった。

「あ、あの、気になってたんですが……」

ココルがおずおずと言う。

「スキルの一つが使用不可能になる……ってことはそれ、もしかして……」

「……ああ」

俺は、重々しく答える。

「おそらくこれが、例のボスドロップ……スキルを消すと噂されていたアイテムなんだろう」

ボス部屋に、沈黙が降りた。

もしかすると、皆ショックだったのかもしれない。

俺としても予想外だが……一方で、腑に落ちるところもあった。

消耗品ではなく、無限に使えるものでもなく、それでいて前例のあるアイテム。

すべてを違和感なく満たせるのは、それこそスキルを使用不可にするデメリット武器くらいだろう。

むしろ、なぜ思い至らなかったのかわからないくらいだ。

〝その　　は、使用者の持つ才の一つを失わしむる。〟

なんのことはない。

皆、紛らわしい思わせぶりな原典（フレーバー・テキスト）に踊らされていただけだった。

「……はあ。結局、スキルを消すアイテムなんてなかったのね。テトの言う通りだったわ」

溜息をついて、メリナが言う。

「ボク、ああは言ったけど、自分では結構期待してたんだよね……」

テトが苦笑いを浮かべながら言う。

「……そうだな」

俺も同調する。

落ち込む気持ちも、よくわかった。

「…………い、いいじゃないですかっ！」

だが。

ココルはそう、大きな声で言った。

「何が悪いんですか！　たくさんアイテムドロップを拾えましたし、ボスだって倒せました！　誰一人欠けてません！　冒険はこれ以上ないくらい大成功ですよ！　スキルを消すアイテムなんて……なくたっていいじゃないですか！」

堪（こら）えきれなくなったように――熱を込めた口調で、ココルは言う。

「またこの四人で、冒険に行けば！」

再び、短い沈黙が降りる。

それを破ったのは、メリナだった。

「私は……別に、残念だなんて思ってないわよ」

ふっと笑って言う。

「なーんだ、って、ちょっと拍子抜けしただけ。あなたもそうじゃない？　テト」

「まあねー。こんなことだろうと思ったよ」

テトも軽い調子で言う。

「それに、アイテムはもう必要ないもんね。せっかくシナジー発揮してるんだし。たとえマイナススキルでも、消すなんてもったいないないからさ」

「……そうだな。俺も……」

静かに、自分の思いを口にする。

「俺もこのパーティーで、冒険を続けたい」

マイナススキルを消して、別のパーティーに入る。そんなことは、もうとても考えられなかった。

これほどすごい仲間たちなのだ。

別れてしまえば、もう二度と巡り会えないと思えるほどの三人。

他のどんなパーティーに入ったとしても、これほどの冒険ができるとは、とても思えない。

そして、なんとなくだが――――皆も、同じ思いである予感がしていた。

ココルが目をごしごしとこする。

「うう、みなさん……っ！」

「そうだ！　パーティー名決めようよ、パーティー名！」

　テトが明るく言う。

「パーティー名、ですか……？」

「そうそう！　せっかくだしさ。ギルドに登録する時、名前がないと困るでしょ？　何がいいかなぁ」

「そうね」

　メリナが考え込む。

「『紅竜同盟』とか『八神槍』とか、普通は何か適当に強そうな名前を付けるものだけど……どうせなら、このダンジョンにちなんだ名前がいいわね。ここで結成したんだもの」

「じゃあ、『落日』とかですか？」

　何気なくそう口にしたココルに、テトが唸る。

「うーん、それだとちょっと後ろ向きな感じがするなぁ……」

「……『暁（あかつき）』ではどうだ？」

　俺が言うと、三人の目がこちらを向いた。

　少し気恥ずかしくなりながら、俺は続ける。

「星見泉洞（ほしみせんとう）というダンジョンのテキストで、夜明けのことをそう呼んでいたんだ。落日の次、という意味合いなんだが……どうだろう」

「いいですっ！」

ココルが、目を輝かせて言う。

「かっこいい！　わたし賛成です！」

「落日の次って、うまいわね。短くて呼びやすいし、私も好き」

「夜明け、なんて前向きでいいねー！　じゃ、決まりだね！」

にっと笑うメリナに続いて、テトが明るい声で宣言する。

「ボクたちはこれから、『暁』だよ！　よろしくね、パーティーリーダー！」

「……えっ、リーダー？　俺がか？」

俺は動揺する。

「いや、その、俺は……そんな器じゃないんだが。それならメリナの方が……」

「何言ってるのよ」

と、メリナに呆れたような目を向けられる。

「アルヴィン。あなたここに来るまで、ずっとリーダーやってたじゃない」

「そ……そうだったか？」

「むしろ自覚なかったの？　アルヴィンも変わってるねー」

「わたしは……」

ココルが、静かに言う。

「アルヴィンさんがリーダーだったから……ボスを倒せたんだと思ってます。だから、これからもリーダーでいてほしいです」

「そう、か……。わかった」

俺はうなずいた。

パーティーからは、これまで何度も追い出されたが……自分がリーダーになったことは、初めてだった。

皆といると、初めてのことばかり起こる。

「はーあ。でも、さすがに疲れたわね。帰ったらとりあえず……おいしいものを食べたいわ。お腹空いたから」

「それじゃ、明日はドロップアイテムを売りに行こう！　ボク、いい店知ってるんだよ」

「わたしは、装備を新しくしたいです。せっかくお金が入るんですから、次の冒険のために」

「そうだな……俺も、剣を新調したい。次が、あるんだものな」

「はい！　次の冒険です、アルヴィンさん！」

ココルが、にっこりと笑って言う。

「次はどこへ行きましょうか！」

俺も笑みを浮かべ、それに答えた。

「そうだな、次は――――」

Dungeon Floor Map

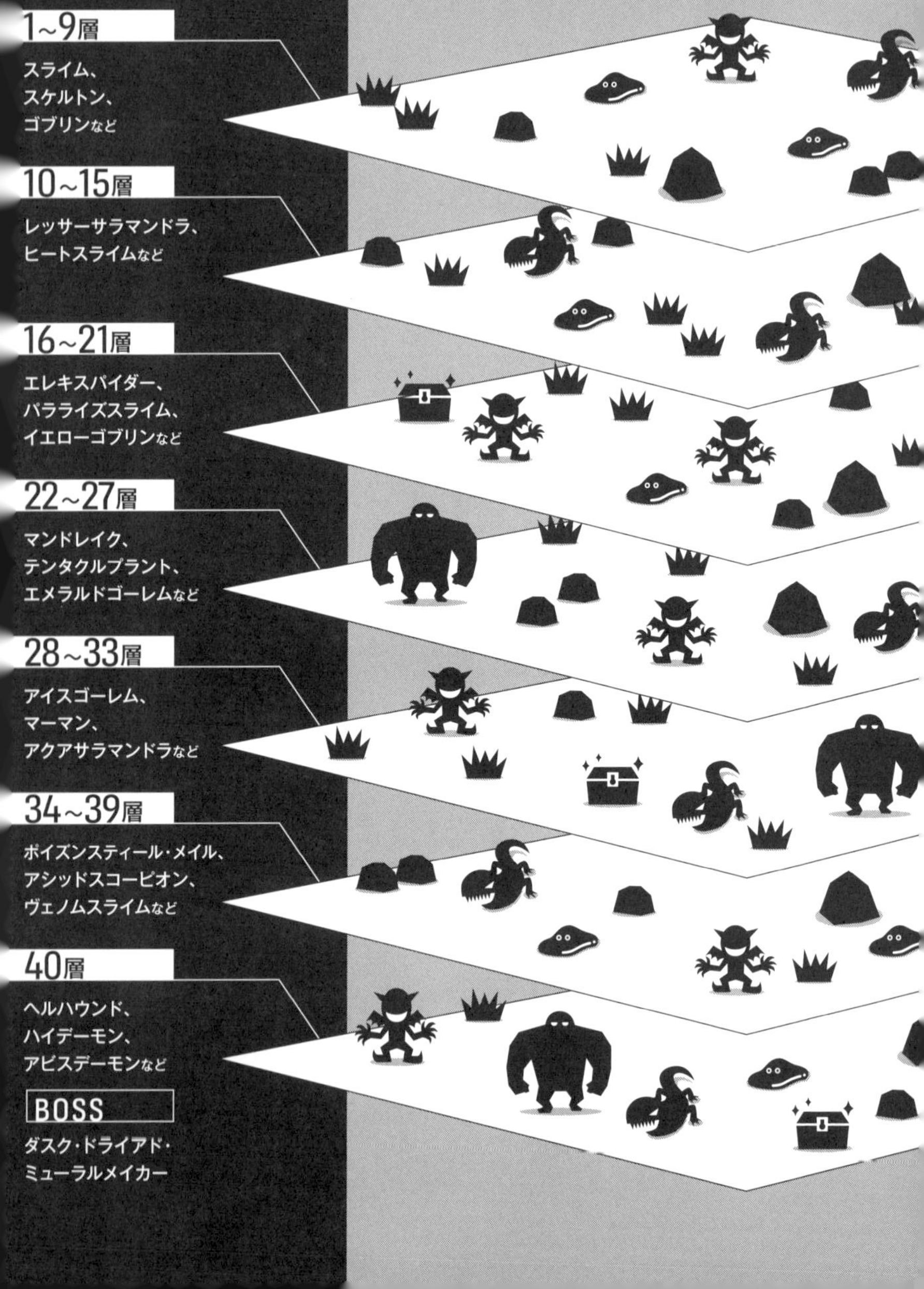

1～9層
スライム、
スケルトン、
ゴブリンなど
10～15層
レッサーサラマンドラ、
ヒートスライムなど
16～21層
エレキスパイダー、
パラライズスライム、
イエローゴブリンなど
22～27層
マンドレイク、
テンタクルプラント、
エメラルドゴーレムなど
28～33層
アイスゴーレム、
マーマン、
アクアサラマンドラなど
34～39層
ポイズンスティール・メイル、
アシッドスコーピオン、
ヴェノムスライムなど
40層
ヘルハウンド、
ハイデーモン、
アビスデーモンなど
BOSS
ダスク・ドライアド・
ミューラルメイカー

エピローグ

Epilogue

馴染みの酒場の扉を開けると、喧噪が耳に飛び込んできた。

まだ明るいというのに、ここでくだを巻いている人間は多い。

だが俺たちが足を踏み入れた途端、喧噪が少しだけ収まった。

テーブルの間を歩いて行くと、冒険者たちの抑えた話し声が微かに聞こえてくる。

「おい、あいつら……」「見ろよ、『暁』の連中だ」「あれが？　ガキが交じってるじゃねえか」「魔晶深坑を四十九層まで攻略したっていう、あの？」「馬鹿、大きな声出すな！　ここらで一番勢いのある連中だぞ！」「平均レベルが60近いってマジ？」「今度は冥魍水路へ挑むらしい」「知ってたか？　あのパーティーは全員が、マイナススキル持ちなんだと……」

俺は思わず溜息をついた。

店の奥にある目立たないテーブルを見つけると、仲間たちと共に腰を下ろす。

「いやぁー、ボクたちも有名人だねー」

「笑いごとじゃない」

ニヤニヤと笑うテトに、俺は頭を抱えて言う。

落日洞穴から帰った後、正式にパーティーを登録した俺たちは、もっと大きなダンジョンの深層に挑むようになった。

と言っても特に無理をしたわけでもなく、できそうな範囲で堅実に攻略していっただけなのだが
……いつの間にか前線クラスのパーティーの中に、『暁』の名前が交じるようになってしまった。

しかも結成からあまりに速かっただけあって、冒険者連中の注目を無闇に引いている状態だ。

正直、最初は気分がよかったのだが……ギルドや酒場にいるだけで衆目を集めてしまうとあっては、もううんざりだった。

「勘弁してほしい。絡まれたり、怖がられたり、握手を求められるのはもうたくさんだ」

「ふふっ、アルヴィンさんは顔がいいですから、みんなそういう反応になるんですよ」

「顔がいいのは君らも同じだろう」

「えへぇっ!? そっ、そそそうですかねっ……？ えへへっ」

奇声を上げたり、はにかんだりとなぜかせわしないココルに、俺は訊ねる。

「自分の場合はどうなんだ、ココル」

「わたしは……あ、最近よく引き抜きの話が来ますかね。特に、前にいたパーティーから」

「へぇ。やっぱり、条件はいいのか？」

ココルはどうでもよさそうに小首をかしげる。

「さあ。あまり詳しく話を聞かないので」

「引き抜きの話は私も来るわね。ああそれと、なんと魔法学園から講演依頼が来たわ」

メリナが焙煎茶の杯を傾けながら、片目を閉じてみせる。

「どこから知ったのかしらね、不思議だわ」

「それはすごいな。どうするんだ？」

「もちろん断ったわよ。片道三日もかかるのに、行ってられないわ。大したお金にもならないし」

メリナはやっぱり実利主義者らしく、興味なさげに言い切った。

二人の話を聞いていたテトが、テーブルに顎を乗せながらうらやましそうに呟く。

「いいなー。ボク、そういう話全然来ないんだよねー。盗賊職って、別にパーティーに必須でもないからかなぁ」

「来てもいいことないですけど……」

「前にいたパーティーからは声かからないの？」

「最後に入ってたのが例の見殺しにしてくれたパーティーだったんだけど、もう解散してるみたいなんだよね。生きてるのか死んでるのか知らないけど、あいつらがいなくなって残念だと思う日が来るとはねー」

「残念なのか……」

正直、その感覚はよくわからなかった。

どんな形で会うにしろ、やっかみの視線を向けられるかもしれないと思うと、なるべく関わらないままでいたい。

と、その時。

「ア、アルヴィン!!」

酒場に、大声が響き渡った。

俺はもちろん、酒場中の客が何事かと視線を向ける。

入り口に突っ立っているのは、息を切らした眼鏡の魔導士だった。

俺は気づく。

「あっ、お前！」

「やっと見つけた！　アルヴィン、僕が悪かった！　どうか戻って来てくれ、頼む！」

かつてのパーティーリーダーだった魔導士は、人目もはばからず叫ぶ。

「君が必要なんだ！　君がいなければ、僕はもうどうしていいかわからない！」

自分勝手な言い草に、俺は思わず立ち上がって叫び返す。

「今さら何を……俺を捨てたのは、他でもないお前だろう！」

酒場の中が一気にざわついた。

修羅場か、というような声まで聞こえてくる。

後ろでも、仲間たちがひそひそ話を始めていた。

「何これっ？　アルヴィンってもしかして、そっちの趣味だったのかしら……わ、私は全然、アリだと思うけどっ」

「はっ、まさかあの時ボクをかばってくれたのって、男だと勘違いされてたせいっ!?」

「うう、わたしはあきらめませんからぁ……」

気のせいかもしれないが、なんだかとんでもない誤解を生んでいる気がする。

しかし残念ながら魔導士の男は、そんなことに構う様子もない。

「君が抜けてから、僕のパーティーはめちゃくちゃなんだ！　冒険は失敗続きで赤字ばかり！　昨日なんて僕とマッシュが怪我をして、レンドは武器を失ってしまった！　大損害だよ！」

「だから言っただろうに……」

頭に包帯を巻いた魔導士の言葉に、俺はあきれる。

身の丈に合わないダンジョンに潜っていれば、必ずそうなる。命があっただけマシだろう。

「お願いだ、パーティーに戻ってきてくれ！」

「断る。虫のよすぎる話だと自分でも思わないか？　俺が戻る理由がいったいどこにある」

「パーティーメンバーは全員、君に戻ってきてほしいと思ってるんだ。君が抜けた時だってみんな寂しがってた。と、というか……君が戻ってこないようならみんなパーティーを抜けるって……」

「あの時お前は、俺を追い出すことがメンバーの総意だと言ってなかったか？　あれは嘘だったのか？」

「そ、それは……」

口ごもる魔導士の男にあきれていると、後ろで仲間たちが席を立つ音がした。

「あー、なんか取り込み中みたいだし、私たち外に出てるわね。パーティーのことでもそれ以外の個人的なことでも、じっくり話し合うといいと思うわ……！」

「あんまり時間はかけないでねー？　これから装備取りに行くんだからさー」

「アルヴィンさん！」

ココルが、なぜだか決意を秘めたような表情で言う。

「待ってますからね！」

店を出る彼女らの背中を見て……俺は少し笑みが漏れた。

「聞いてのとおりだ。俺はこの後用事がある。あまり仲間を待たせたくないんだ、もう行くぞ」

「頼む、待ってくれ！　ど、どんな条件でも飲む！　要望があれば叶えるし、なんでも君の言う通りにする！　だから、どうか考え直してくれないか!?」

「お前なぁ……」

俺は溜息をつく。

「なんでもすると言う前に、やるべきことがあるだろう」

失敗したなら、原因を考えればいい。

わからないなら調べればいいし、未熟なら練習を積めばいい。

生まれ持った才能でしか為し得ないことがあるように――努力を積み重ねることによってしか、為し得ないこともある。

俺は無言で足を踏み出し、かつてのパーティーリーダーの横をすり抜けた。

自分と同じように努力してきた仲間たちが、俺を待っている。

酒場の扉に手をかけ……最後に、俺は首だけで魔導士の男を振り返る。

そして、手切れ金代わりに告げた。

「スキル磨いて出直してこい」

書き下ろし『〈ワイズ・クイーンアント・タワークラフター〉』

Extra episode

気づくと、目の前が浅瀬になっていた。

俺は水底に足をつき、ダンジョンに溜まっていた水からようやく体を引き上げる。

この先にあるのは、階層を上る階段だけのようだ。どうやら、やっと十一層を抜けたらしい。

思わず嘆息すると、俺に続いて水から上がってきた仲間たち――ココル、メリナ、テトが、疲れたように口々に言う。

「お、終わりですか？　はぁ～、やっと次の階層に行けますぅ……」

「長かったわね……たかが十一層で、そんなに広くもないのに……」

「嫌がらせみたいな階層だよ、まったくもう。このダンジョン疲れる……」

「本当にな……」

俺もしみじみと同意する。

「いったいなんなんだ、このダンジョンは……」

＊＊

俺たちが今回訪れていたのは、仕掛蟻塚（しかけありづか）という小規模ダンジョンだった。

パーティーを結成して、一ヶ月。すでに主要な大規模ダンジョンには何度も潜っていた俺たちは、そろそろ別のダンジョンにも挑戦してみたいという気持ちになっていた。

そんな折、テトが馴染みの道具屋から、とある小規模ダンジョンの噂を聞きつけてきた。

なんでもそのダンジョンでは、誰もがボスへ挑戦する気力を挫かれ、途中で引き返してしまうという。

ギミックのあるダンジョンであるため、おそらくは撤退不可のボスなのだろうが、それでも所詮は十六層までしかない小規模ダンジョンだ。普通に考えれば、中堅クラスのパーティーでも十分攻略できてしまうはず。しかし潜るパーティーがそれなりにいるにもかかわらず、そのダンジョン――仕掛蟻塚は、未だにその存在を保っていた。

なんとなく、落日洞穴と似たものを感じた俺たちは、

「興味深いわね」

「おもしろそうです！　行ってみたいです！」

「じゃあボク、もっといろいろ訊いてくるね」

と、皆すぐに乗り気になり、あっという間にその噂の小規模ダンジョンへ挑むことが決まった。

＊＊

仕掛蟻塚は、街の北に広がる平野にぽつねんと立つ、こんもりとした山型の、巨大な蟻塚に似た塔型ダンジョンだ。

下へ下へと進んで行く地下ダンジョンとは違い、塔型ダンジョンの攻略は逆に上へと上っていく。階層の数え方も上下逆で、ボス部屋も最上階にあるのが普通だった。

とはいえ、それ以外は地下ダンジョンの場合と変わらない。

十六層程度、俺たちならすぐに踏破できてしまうはずだった……普通なら。

大氷窟や霊骨回廊など、ダンジョンの名前はその特色を表していることが多い。

仕掛蟻塚は、その名の通り――とにかく、仕掛け（ギミック）だらけのダンジョンだった。

転移床やダメージ・状態異常系のトラップはもちろん、岩を動かして道を作ったり、宝箱から扉の鍵を探したり、パズルを解かされるものまであった。九層が完全な真っ暗闇だった時は、もう帰ろうかと思った。

だがそれ以上に最悪だったのが、十一層の水中ステージだ。

上へ続く階段に足をかけながら、俺はぼやく。

「それにしてもまさか、十一層がすべて水中だったなんてな」

俺に激しくうなずきながら、ココルが続く。

「本当ですよ！　わたし、水中ステージ大っ嫌いです！　動きづらいし、息継ぎしないとＨＰ減るし。めんどくさいにもほどがあります！」

ダンジョンに溜まっている水は、普通の水とは違う。

潜っても衣服が濡れることはなく、呼吸も普通にできる。動きは鈍くなるがモンスターへのダメージは変わらず、呪文の詠唱にも支障がない。

ただ、移動は泳ぎになるうえに、定期的に水面から顔を出さなければＨＰが減っていく。会話もできないために、パーティーでの連携も取りづらい。

とにかくストレスになることが多いせいで、冒険者には嫌われがちなダンジョンだった。

メリナが苦笑しながら言う。

「むしろ好きな人いるのかしら、水中ステージ。しかもここ、モンスターも多かったしね。なんなのよ、バブルアントって。あんなの初めて見たわ」

「俺もだ。ここ以外に出るダンジョンがあるかは……激しく疑問だな」

普通、水中では魚や蛸型のモンスターが多い。

頭に泡を被った蟻が泳いできた時は、思わず笑いそうになった。いくら蟻塚モチーフのダンジョンとはいえ、やり過ぎだ。

テトもうんざりしたように言う。

「作った人の嫌がらせとしては一番なくらいだよねー、水中ステージ。戦闘も全然爽快感ないし、最悪」

「俺たち前衛からすれば、特にな」

間合いが測りにくく、動きもまるで変わるためにこれまで培ってきた技術が使えない。まるで初心者に戻ってしまったようで、前衛職にとっては特にもどかしかった。

「とか言っている間に、着いたね」

テトが前を見ながら呟く。

十二層への階段を上り切った俺たちの前には、大きな扉があった。扉には一枚のレリーフが嵌（は）まっている。

この仕掛蟻塚には、階層ごとにこういう扉があった。珍しいタイプのダンジョンだが、きっと階層によってギミックが変わる関係だろう。

メリナが、レリーフの意匠を眺める。

「何かしら、これ」

レリーフには、消えかけのタイルが道を作っているような、簡単な図が彫られていた。

これまでの扉にもこういうレリーフがあったが、トラップや水中などの意匠と違って、これはよくわからない。

「まあ、まだ十二層だ。危険も少ないだろうし、行ってみよう」

皆がうなずくのを待って、俺は扉を押し開ける。

「えっ？」

「わっ」

「な、なんですかこれ？」

十二層の有様を見た仲間たちが、声を上げる。

扉の先には、白く滑らかな正方形のタイルで作られた、一本道があった。

それ以外には、何もない。

道の周囲は、奈落だった。どこまで続いているか知れない暗闇が、十二層の全面を覆っている。

「これ……落ちたら即死、ですよね？」

ココルの言葉に、皆無言を返す。

深い穴や溶岩のような即死ギミックは、普通こんな浅い階層にはない。だが、事実として目の前にある。

「どうする、進む……か？」

「大丈夫なんじゃないかなぁ」

俺の自信なさげな問いに、テトが答える。

「モンスターも出そうにないし、この細い道自体が十二層のギミックなんでしょ。即死ギミックの体験版みたいな。落ちないように行くだけなら簡単だよ。みんな、こんなの見慣れてるよね？」

「うーん、まあ……」

「そうね。行きましょうか」

二人がそれぞれうなずく。

確かに俺たちは皆、今さら即死ギミックに足が竦むような冒険者じゃない。

「よし、行こう」

俺がそう言うと、全員がタイルの一本道へと足を踏み出す。

そして歩みを進めようとした、その瞬間——足元のタイルが消滅した。

「っ!?」

落下しながら反射的に上へ手を伸ばすも、指は空を切るばかり。

俺たちは為す術なく奈落へと落ちていき——数秒後、激しい水音を立てながら十一層の水中へと沈んだ。

＊＊

「……なるほどね」

浅瀬から上がりながら、メリナがげんなりした表情で呟く。

「十二層であんな理不尽なトラップ、おかしいと思ったわ。あの奈落は即死ギミックじゃなかったのね」

「そういうことみたいだな……」

俺がそう言うと、後ろでココルとテトが疲れたように溜息をついた。

どうやら、あそこから落ちると十一層に戻ってくる仕組みだったらしい。

再び階段を上り、十二層の扉を開ける。

白いタイルの一本道は、きちんとそこにあった。

俺たちはそれを眺めながら話し合いを始める。

「消えてないですね」

「そうだな。一度階層を出てから戻るとリセットされる仕組みなのか」

「さっきはどうしてタイルが消えたのかしら？　みんなで乗ったせい？」

「うーん、その割にはタイミングが変だったような……」

テトがタイルに足を付けたり、一瞬だけ飛び乗ったりしてみるも、特に変化はない。

しかし、唐突に、

「あっ！」

白いタイルが薄れていき、一本道が消え去った。

そしてそれは、一瞬のうちに元に戻る。

一部始終を眺めていた俺たちは、再び話し始める。

「これは……どうやら時間経過で消えるみたいだな」

「一部のタイルだけじゃなくて、道が全部消えるみたいね」

「……これ、進みようがなくないですか？」

「いや、あそこ」

と言って、テトが道の向こうを指さす。

「色が岩みたいになってる、ちょっと広い場所があるよね。あそこだけは消えてなかった」

見ると確かに、タイルとは少し違う床があるようだった。

メリナが言う。

「それなら、タイルが消える前にあそこへたどり着けばいいわけね」

「時間経過で消えるなら、次に消えて戻ったタイミングで、一気に行くか」

「そ、そうですね……」

そうこう言っていると、また白いタイルの道が薄れて消え、すぐに元に戻る。

「今だ、行くぞ！」

それを合図に、俺たちは駆け出す。

皆で乗っても先ほどのようにタイルは消えず……全員無事、岩の床までたどり着いた。

「なんだ、案外余裕ね」

「うーん、でも、次の床はちょっと遠いよ。ほら」

テトが指さす方を見ると、確かに次の岩の床は、はるか先にあるようだった。

「この中で一番ＡＧＩ（敏捷）が低いのは、メリナか。どうだ？」

「大丈夫だと思うわ。タイルが消える間隔、けっこう長いみたいだし」

確かに、今渡ってきたタイルもまだ消えていない。このくらいあれば余裕か。

「よし、次のタイミングで行こう」

そして、タイルが消え、また一瞬で元に戻る。

「今だ！」

全員で駆け出す。

そして数歩も進まないうちに――――足元のタイルが消え去った。

＊＊

「もしかして、あの道さぁー……」

水から重い足取りで上がったテトが、恨みがましそうに言う。

「消える間隔、ランダムだったりする？」

「……どうやらそのようだな」

全員で溜息をつく。

そうとしか思えなかった。さっきのは明らかに間隔が短すぎる。というかよくよく考えたら、これまでタイルが消えたタイミングはすべてバラバラだった気もする。

テトが頭を掻きむしる。

「運ゲーじゃん、こんなの！」

「そうね……」

メリナも疲れたように言う。

「あんなにすぐ消えたんじゃ、とても渡りきれないわ。運良く長いタイミングを引けるまで、挑戦し続けるしかないのかしら。幸い、死ぬわけじゃないし。でも……」

「正直、面倒だな」

十六層のボスを倒しても、そこまでの収益は得られない。面白そうだからと潜ってみたが、あんなギミックがあるとなると、もう帰ろうかと思えてくる。

「……待ってください」

と、その時。

考え込んでいたココルが、静かに言った。

「わたし……わかったかもしれません。あのギミックの攻略法」

＊＊

「ジャンプすればいいんですよ！」

十二層へと戻った俺たちは、ココルの説明を揃って聞いていた。

「ジャンプ？」

「はい！　あの白いタイル、消えた後はすぐに元に戻っていますよね？　だから一瞬だけ空中にいられれば、落ちなくて済むんです！」

「えー……」

「……それ、攻略法なの？」

「絶対これが正しい攻略方法です！　アルヴィンさん、どう思いますか？」

「うーん……」

　確かにうまくいけば、落ちずに済むだろうが……。

「まあ……試しにやってみるか」

「はい、そうしましょう！」

「ジャンプ力ってＡＧＩ（敏捷）依存だったっけ？　滞空時間は大丈夫だろうけど、タイミング合うかなぁー……？」

「タイルが薄れてから消えるまで三秒くらいあります。わたしが合図するので、そのタイミングでみなさん跳んでください。二、一、ジャンプ！　ですよ。二、一、ジャンプ！　いいですか？」

「わかったわ」

　メリナが、小さく笑って言う。

「ココル、こういうタイミングを計るの上手だものね」

　ということで、俺たちはココルを先頭に、タイルの道へまた足を踏み出した。

　ココルが先頭なのは、タイルが消える兆候を見逃さないようにするためだ。モンスターの気配はないので、回復職が前衛でも問題はない。

「────二、一、ジャンプ！」

突然、ココルが叫んだ。俺たちはあわてて、色の薄れたタイルを蹴ってジャンプする。

足元でタイルが消え、そして着地する前に元に戻った。足裏がきちんと、硬い床を踏む。

「お……おお！」

「う、うまくいったわね……」

「へぇ。すごいなぁー、ココル」

「えへへ、そうでしょう！」

ココルが胸を張って言う。

「さあみなさん！　気を抜かないで行きますよ！」

＊＊

そうして、俺たちは無事、十二層の一本道を渡りきった。

何度か足元でタイルが消えかけ、ジャンプする羽目にはなったものの、ココルの合図が完璧だったおかげで一度も落ちずに済んだ。

正直、何回かやり直すことになるだろうと思っていたのだが……。

「助かったよ、ココル。やるな」

十三層への階段を上りながら俺がそう言うと、ココルが照れたように答える。

「えっへへへ。そんな、神官なら当然ですよ」

「いや、神官は関係ないと思うが……」

言ってから、俺は思い直す。

「ん……そんなこともないか。治癒（ヒール）やバフのタイミングは、毎度完璧だものな……。俺は性格が卑屈だから薄っぺらく聞こえるかもしれないが、ココルのことは本当にすごい神官だと思ってる。いつもありがとう」

「ええっ!?　え、い、いやぁ、そんなこと……ないですよ。んふ……んふふふっ……！」

そう言って、にやにやと若干気持ち悪い感じの笑みを浮かべるココル。その後ろでは、メリナとテトが何やらひそひそ話を始めている。

「……アルヴィンって、普段からあんな感じで女の子に声かけてるのかしら」

「かもね……顔もいいし、あの不器用な感じもわざとやってたりして……」

気のせいかもしれないが、また誤解を生んでいる予感がする。

「んふふふ……あっ、十三層に着いたみたいですね」

ふと、顔を上げたココルが言った。

階段を上りきった場所に、また扉があった。

嵌まっているレリーフに、テトが顔を寄せる。

「あ、また移動床(いどうゆか)みたいだねー。これならさっきよりは簡単かな？」

矢印のマークが描かれた四角形。それはこれまでにも見た、移動床を示す意匠だった。

移動床とは、乗ると一定方向に移動し続ける床のことだ。特に珍しくないギミックで、仕掛蟻塚以外のダンジョンでも何度か体験したことがある。

ただ、何やら矢印の周りに、雪のようなマークもあるような……。

「よーし、早速行ってみよぉー……って、寒っ!!」

テトが扉を開けると、急に冷気が流れ込んできた。

寒さをこらえつつ中に入ってみると、そこは……一面が氷に覆われたダンジョンだった。

「ええっ、ここでまさかの氷ステージ!?」

テトが驚きの声を上げる。

こういう氷に覆われたステージは、氷属性がテーマのダンジョンなどでたまに見る。ただ、こんな唐突に出てくることは普通ない。

ココルがしゃがみ込んで床を観察する。

「こ、これ、もしかして全面が氷床(こおりゆか)ですか……？」

氷床は、一度乗ると普通の床か障害物にぶつかるまで延々と進み続けるという、移動床に性質が似ているギミックだ。ただ、あらかじめ移動する方向が決まっている移動床と違い、氷床は乗った方向に依存する。右から乗れば、左へ進み続けるといった具合に。

「それだけじゃないわ。見て」

メリナが指さした方向を見ると、大きな矢印の描かれた床がある。

俺は思わず呻く。

「う……あれはまさか、移動床か？」

「そうよ」

メリナが言う。

「十三層は、氷床と移動床が組み合わさったステージなのよ」

一同が沈黙する。

きっと、皆同じ気持ちだったに違いない。

「めんどくさぁ……」

＊＊

十三層へ挑戦し、三十分ほどが経った。

「もーっ！　全然進めません！」

「本当にな……」

ダンジョンの真ん中で腹を立てるココルに、俺は疲れた声を返す。

十三層のギミックは、難解だった。

移動床と氷床のせいで、全然思った方向に進めない。前に進んだと思ったら後ろに戻り、右に行ったと思ったら左へ戻り、最終的に行き止まりにぶつかって最初の地点へと戻る羽目になってしまう。今いるこの場所も、これまで何度かたどり着いた行き止まりの一つだった。

おまけに岩などの障害物が多く、なかなか全域を見通せない。ステータスのマップでも床のギミックまではわからないので、どう進むべきなのか見当がつかなかった。

「もう帰りますかぁ……？」

「……待って」

その時、口元に手を当てて考え込んでいたメリナが呟いた。

「わかったかも、道順」

「ええっ？」

「ほんとにー？　メリナ」

「たぶんね……。アルヴィン、ちょっとしゃがんでもらえるかしら」

「……？　わかった」

「もうちょっとこう、頭を前に」

「これでいいか？　……って、おい、何する気だ!?」

頭を跨ごうとしてきたメリナに俺が驚いて言うと、魔導士の少女は真剣な顔で返してくる。

「肩車してくれない？」

「はあ？」

「岩の奥にある床の位置を見たいのよ。大丈夫、私そんなに重くないから。ほら」

「あ……ああ。それはいいが……」

それならそれで先に言ってほしい。

言われたとおり、肩車する。本人の申告は嘘ではなく、メリナはとても軽かった。村で小さな子を肩車した時と、感覚は大して変わらない。

「わっ、高……」

立ち上がると、メリナはそう呟いて俺の頭を強く摑んだ。思ったより力があって、痛い。

「あー、もう少し右の方向いてもらえる？　いいわ。次は斜め後ろも……」

指示通り体の向きを変えていると、やがてもういいと言われたので、ゆっくりと下ろす。

立ち上がると、魔導士の少女は俺を見上げてにっと笑った。

「重かったかしら？」

「いや……軽すぎるくらいだ。冒険者なんだからもっと食べた方がいいんじゃないのか？」

「わかってるけど、身長のせいで肉が付くスペースがないのよ。あなたの身長ちょっと寄越しなさい」

そう言って頭へと手を伸ばしてくるメリナから逃れる。なんだか、妙にテンション高いな。

気を取り直して俺は訊ねる。

「で、どうだった？」

メリナは手を引っ込めると、やや誇らしげに答える。

「ばっちりよ。完璧にわかったわ」

「や、やっとこの階層を抜けられるん、ですか……？」

「まー、大丈夫じゃない？」

不安そうに呟いたココルへ、頭の後ろで手を組んだテトが楽観的に言う。

「メリナが言うんだもん。間違いないよ」

＊＊

「おおっ！」

「つ、着いちゃいました……」

「へー、なるほどねー」

ある地点まで行くと、あとは移動床と氷床のおかげで自動的に、俺たちは階層を上る階段の前までたどり着くことができた。

メリナの指示に、特別なものは何もなかった。ただ、一見戻るようだったり、袋小路にぶつかりそうな、ついつい見落としがちなルートを選んでいただけだ。移動床の位置を正確に覚え、ゴールから逆算できたメリナだからこそ、選べたルートだろう。

「それにしても、あんな複雑な道順よくたどれたな。さすがメリナだ」

十四層への階段を上りながら俺がそう言うと、隣を歩くメリナが苦笑を返してくる。

「ちょっとああいうのが得意なだけよ。大したことじゃないわ。それより……さっきはいきなり肩車させようとしてごめんなさい。私、一度考え出したら変に夢中になっちゃうところがあって。無遠慮だったわね」

「いや、それは……正直、嬉しかったが」

「え、ええ……何、それ……？　そういう性癖、とか……？」

若干引いたように言うメリナへ、俺はあわてて言い訳する。

「そ、そうじゃなくて……メリナには、思えばあまり頼られたことがなかったと思ってな。戦闘でも俺が処理しきれなかったモンスターを倒してもらうことが多いし、しっかりしているメリナからすれば、俺は不甲斐ないところが多いのかもしれないが……」

「えっ……そんなこと……」

「だからあんなことでも頼ってもらえて、少し嬉しかったんだ。無遠慮なんて気にしなくていい。冒険のことでもそれ以外のことでも、もっと気軽に頼ってくれ。これでも暁（あかつき）のリーダーだ。肩車くらいならいつでもやるさ」

メリナはしばらく俺の顔を見て固まっていたが……やがて目を逸らすと、口ごもりながら言う。

「い、言われなくても……リーダーとして、普段から頼りにしてるわ。不甲斐ないだなんて、一度も思ったことないわよ」

「ん、そうか？」

「そ、そうよ」

と、その時、後ろからまたひそひそ話が聞こえてきた。

「な、なんかあの二人、距離近くないですか!?」

「アルヴィンはいっつもあんな感じじゃん……」

内容はよく聞き取れないが、なぜかまた誤解を生んでいる気がした。

「あ、ほ、ほら！　十四層に着いたわよ！」

メリナの声に顔を上げると、階段の上に十四層の扉が見えた。

これまでと同じように、レリーフも嵌まっている。

「どうやら、この階層はモンスタートラップ系のギミックみたいだな」

レリーフに彫られていたのは、扉から出てくる数体のゴーレムのようなモンスターだ。

今までのパターンからすれば、ここは物を壊したり特定のエリアに入ったりすることで、大量のモンスターが湧き出してくるようなギミックがあるのだろう。

「じゃあ、開けますね……」

そう言って、ココルが扉を押し開ける。

中を見た俺たちは……全員で一瞬、ぽかんとしてしまった。

十四層には、何もなかった。

一面に広がる広大な岩の床に、両脇には岩の壁。よく見ると、はるか先には十五層へ続く階段への入り口が見えてしまっている。

まるで、ダンジョンの壁や柱をすべて取り払ってしまったかのような光景だった。天井はとても高く、落日洞穴ボス部屋を彷彿(ほうふつ)とさせたが、肝心のボスどころか、雑魚モンスターの一体すらも見当たらない。

とにかく、殺風景な階層だった。

「あ、わたし、わかったかもしれません」

皆が言葉を失っている中、ココルが唐突に言った。

「何がだ？　ココル」

「この階層のギミックです。これきっと、進むごとに両脇の壁とかからモンスターが出てくるんですよ。進むにつれて増えていって、それを倒しながら進むんです」

「ああ。ありそうね」

「なるほどな。だからここまで障害物がないのか」

「うーん……そうかなー……？」

テトだけは首をかしげていたが、俺は剣を抜く。

「十四層なら、大したモンスターは出てこないだろう。普段通りに行けば俺たちなら問題ない」

陣形を整え、十四層を進み始める。

しばらく行って、俺は首をかしげた。

「……？　何も起きないな」

「そうですね。どうしてでしょう？」

とか話していると――不意に、踏んだ床が沈み込むような感覚があった。

同時に、ゴゴゴゴと重い音を立てながら、両脇の壁が崩れ始める。

「あっ、モンスター出てきそうですよ」

「ちょ……ちょっと、様子がおかしくない？」

そして、それが姿を現す。

崩れた壁の奥から出てきたのは……巨大なゴーレムだった。

普通のゴーレムの何倍もの大きさがある。赤黒い巨石でできた全身には奇妙な線が走り、その頭部には一つの真っ赤な光が灯っている。

「ヒュ、ヒュージゴーレムですか!?」

「いや、あの色は……エンシェント・ヒュージゴーレムだ！」

攻撃力とＨＰが高く、様々な属性に耐性がある強力なモンスター。中階層ではボスとして出てくることもあり、通常モンスターとしてならば四十層を超えないとまず出くわさない強敵だ。

無論、俺たちなら普通にやれば倒せるだろう。

だが……、

「な、何体出てくるのよ!?」

崩れた壁の向こうから、エンシェント・ヒュージゴーレムが次から次へと現れる。

あっという間に十体を超えてしまった。そのうえ、まだ増える。

これは……無理だ。

「みんな、逃げるぞ！」

俺たちは踵(きびす)を返し、遁走(とんそう)を始める。

ようやく入り口から階層の外に出ると、俺は急いで扉を閉めた。幸いあのエンシェント・ヒュージゴーレムたちはかなり足が遅かったようで、まったく追いつかれる様子はなかった。

「……」

恐る恐る、再び扉を開く。

巨大なゴーレムたちの姿は、すべて消えていた。

崩れた両脇の壁も、元に戻っている。どうやら階層を一度出るとリセットされるタイプのギミックであるようだ。

扉を開けたまま、俺は静かに仲間たちを振り返る。

「……どう思う？」

「あんなの、無理ですよ……とても倒しきれません」

「そうね……。アルヴィン。あなたさっき、何か踏んだりした？」

「ああ。スイッチになっている床があるようだった。だが、一応注意して見ていたつもりだが、周りの床との区別はつかなかったな」

「やっぱり……ということは、何度も挑戦して安全な場所を確かめていくタイプのギミックなのかしらね。ゴーレムの足が遅かったのも、逃げることが前提だからなのかも」

溜息をつきたそうな顔で、メリナが言う。

ゴーレムを無視して階段まで走るには、さすがに距離がありすぎる。やはり試行錯誤しかないだろう。

仲間たちの、今の気持ちがわかるようだった。はっきり言って、面倒くさい。

メリナが肩を落として言う。

「この辺りで帰るべきなのかしら……」

「え、待って待って。そんなことする必要ないよ。全然進めるって」

気軽な調子で言うテトに、俺は思わず眉をひそめる。

「どういうことだ、テト？」

「スイッチ床なんて、普通にわかるじゃん。避けていけばいいよ」

「え、テトさん、何かそういうスキル持ってるんですか？」

「スキルはないけど、見た目でわかるでしょ。明らかにおかしい床、ところどころにあるし。たとえばそことかさ」

テトが指さしたのは、入り口からそう離れていない、壁近くの床だった。

皆で近寄って覗き込む。

一見、何の変哲もない。

「……他と何が違うのよ？」

「全然わかりません……」

「えー？　たしかにわかりにくいけど、なんか違和感ない？　色が微妙に浮いてるし、形も決まったパターンしかないっぽいしさぁ」

「うーん……言われても区別つかないわ」

むしろこういうのはメリナが得意そうな気がするのだが、どうもピンときていない様子だった。

単純なパターンとは違うのかもしれない。

「ねえ、ほんとにこれがスイッチなの？」

「スイッチだよ。ほら」

そう言ってテトがその部分の床に飛び乗ると、すぐに壁が崩れ始めた。ゴーレムが出てくる前に、俺たちはさっさと入り口まで戻る。

「ほ、ほんとにスイッチだったわね……」

「信じられません……なんでわかるんですか？」

「だから言ったじゃん。ね、アルヴィンはどう？　わかった？」

テトに訊ねられ、俺はうなずいて答える。

「いや、わからないな」

「えー……」

「だが、この階層は問題なく攻略できそうだ」

俺は言う。

「テトの判断なら信用できる」

＊＊

「わー……すごいです。ここまで来て全然、モンスターが出てこないなんて」

「だから言ったじゃん。あ、そこ、すぐ両隣がスイッチだから気をつけてね」

テトの先導で進む俺たちは、すでに十四層の終わりの方に差し掛かっていた。

たまに何の変哲もない床の前で、横へ行ったり後ろに戻ったりするが、どうやらその判断は正確らしく、ここまで一度もスイッチ床を踏んでいない。

どうやって見分けているのかはまったく不明だが、さすがテトだ。

「あ、ちょっと止まって」

テトが俺たちを制止する。

いつの間にか、十五層に続く階段へはすぐそこまで来ていた。

左右をしばらく見ていたかと思えば、小さな盗賊は俺たちへと告げる。

「ここ、思いっきりジャンプして」

「えっ」

「こんな感じで。見ててね」

そう言うと、テトは助走を付けて跳んだ。

踏むのを避けた床はどう見てもこれまでと変わらないように見えるが、たぶんスイッチなのだろう。

「これくらいで大丈夫だから。ほら、みんなも！」

「わ、わかりました！」

ココル、メリナと跳んでいく。ジャンプ力はＡＧＩ(敏捷)依存だが、メリナでもなんとか大丈夫なようだった。

最後に俺が跳ぶと、テトが歓声を上げる。

「いぇーい、十四層クリアだよ！　やったね！」

「これで終わり？　な、なんだか実感ないわね……」

「たしかにな……」

ただ言われるがまま歩いていたら、いつの間にか終わってしまった。

「あの、どうして最後はジャンプしたんですか？　回り込むと遠回りになるとか？」

「ジャンプするしかなかったんだよ。最後の一列、全部スイッチ床だったからね」

「ええっ、それじゃあ、普通のパーティーは絶対クリアできないじゃないですか⁉」

テトは笑って答える。

「ここまで来たらスイッチ踏んでも関係ないよ。出口まで走って逃げられるからね」

「あ、なるほど」

「ええ、それ本当……？」

「本当だって。ほら」

そう言うと、テトは小走りに駆けてさっき跳んだ床へと飛び乗る。

崩れた壁から出てくる無数のゴーレムから逃げるように、俺たちは十五層へ続く階段へと飛び込んだ。

＊＊

「モンスターの弱点部位といい、さっきのスイッチ床といい……よく見分けられるな。前から思っていたが、なんでそんなことができるんだ？」

「ん？　んー……」

十五層への階段を上りながら俺がそう訊ねると、隣を行くテトが首をひねる。

「なんで、って言われてもなぁ……なんとなくわかるとしか」

「まあ、それもそうか」

感覚でわかるものを、説明しろというのは無理だろう。

「テトのセンスは本当にすごいな。俺にも少し分けてほしいくらいだ。さっきの階層は、テトがいなければきっとあきらめていた」

「アルヴィンは大げさだなー。ボクなんか全然、大したことないって」

テトが、おどけたように笑って言う。

「こんな特技、たまーに役に立つことがあるだけだよ。そんなことよりも……何回も練習を積むとか、呪文を覚えるとか、いろんなモンスターの特性を勉強するとか、そっちの方がずっと大事だって。ボク、ずるいことは割りと思いつくけど、あんまり努力家じゃないし、けっこう自分勝手だからさ。レベルは多少高いけど、みんなには負けるよ」

「そんなことないだろう」

「え……？」

「十四層での指示はわかりやすかった。曲がる方向をきちんと声で伝えたり、近いスイッチ床を踏まないようみんなに注意したり。事故が起きないよう気をつけていたじゃないか。あれは考えなしではできない」

実際、パーティーリーダーでもそこまで気を配れない者は多い。

テトは戸惑ったように言う。

「あ、あれは……アルヴィンが普段やってるのを、ちょっと真似しただけで……」

「真似できるということは、よく見て勉強していたということじゃないか？　少なくとも、俺は君が自分勝手だとは思わないな」

「そ……そうかな」

「テトは今のままでも十分優秀だ。もっと自分の力に自信を持ってくれ。そうじゃないと……リーダーなのに、大したことができない俺の立場がなくなるからな」

「あはは………あ、ありがと。アルヴィン」

照れたようにうつむくテト。

その後ろから、また何やらひそひそ話が聞こえてくる。

「メ、メ、メリナさん！　アルヴィンさん、また口説いてますよ!?」

「あきらめなさい、ココル……アルヴィンはそういう男よ」

気のせいと思いたいが、やはり誤解が生まれている予感がする。

「……あ、み、みんな、十五層に着いたみたいだよ」

テトが指さす先には、十五層の扉があった。

扉には、例によってレリーフも嵌まっている。

「えっと……またモンスター、みたいですね」

レリーフに彫られているのは、蟻と戦う人間の図。ということは、またモンスタートラップの類なのかもしれない。

ただ、人間の後ろに宝石のような物が描かれているのは、何だろうか？

「いい？　開けるわよ」

メリナが扉を押し開ける。

十五層は、緩い上り坂になっていた。

なんとなく十四層に似ている。が、傾斜がついているのと、所々に岩などの障害物がある点が異なる。

岩の陰からモンスターが出てくるのだろうか……と考えていると、突然声が聞こえた。

「きゅーん」

「な……なんだ？」

「鳴き声かしら」

「あっ、そこ」

テトが指さした先には――――四体の小動物型モンスターがいた。

猫くらいの大きさに、それぞれ鮮やかな赤、黄、青、緑色の体色。その額には宝石が嵌まっている。

これは……、

「わっ、カーくんですよカーくん!!」

ココルが興奮したように言う。

それは、カーバンクルというモンスターだった。

色鮮やかでかわいらしい見た目をしているので、一部ではカーくんなどと呼ばれ、人気が高いモンスターだ。

ただ、それでもモンスターであることは変わりないので、人間を見ると襲いかかってくる……はずなのだが。

「きゅーん」

「きゅーん」

「こ、こ、これはっ!? カーくんたち、もしかして……わたしとお友達になりたいんですかっ!?」

四体のカーバンクルは、攻撃するどころかココルにすり寄っていた。

俺はメリナとテトと共に、冷静な目でその光景を眺める。

「どういうことだ……？　これもギミックなのか？」

「そうなんじゃないかしら。モンスターをテイムできるのは、調教師か召喚士職だけのはずよ」

「でもこれ、なんの意味があるんだろ」

「わーっ、つ、ついてきますっ」

興奮するココルの後ろをとてとてとついて歩くカーバンクルを見て、俺はひとまず考えるのをやめた。

「よし、とりあえず進んでみるか」

はしゃぐココルを呼び戻して陣形を組み、十五層の坂道を上り始める。

「カーくんたち、まだついてくるみたいですっ！」

「もう放っておきなさいよ……」

攻撃してこないなら気にする必要はない。

進み始めてしばらくすると、土の中からモンスターが現れ始めた。

蟻型モンスターの中でも弱い部類に入る、プチアントだ。

俺たちにとっては相手にもならない。

そのため、しばらくのうちは問題なく進めていたが……、

「い、いくらなんでも、数が多すぎるだろ!?」

進む毎に土から出てくるプチアントの数が増え始め、前方はもう蟻だらけになっていた。

弱いから問題にはなっていないものの、ぞっとする数だ。

「きゅーん……」

「きゅーん……」

「ああっ、カーく———んっ!?」

カーバンクルの悲痛な鳴き声に、ココルの叫び声が重なる。

見ると、前線の方をうろうろしていた緑のカーバンクルがプチアントに攻撃され、四散したところだった。赤と青もすでにおらず、残りは黄色の一体のみとなってしまっている。

どうやらモンスター同士にもかかわらず、プチアントはカーバンクルに攻撃するらしい。

それ自体はまあどうでもいいが、俺自身が周りの戦況を把握しきれなくなってきているのは問題だった。俺は大声で指示を飛ばす。

「もたもたしていると囲まれる！　一気に行くぞ！」

俺とテトが道を切り開き、メリナが魔法で蟻の群れを削りながら、一気に駆け抜ける。

そうして俺たちは、坂の上まで上りきった。

＊＊

坂の上には、一枚の扉があった。きっとこの先に、十六層へと続く階段があるのだろう。

振り返っても、蟻たちの姿はない。上りきったと同時に、皆土の中へ帰っていってしまった。

「うう、カーくん。ごめんなさい、仲間を死なせてしまって……」

「……そんなに落ち込む？　モンスターだよ、それ」

生き残った黄色のカーバンクルへ話しかけるココルを、テトが微妙な表情で見下ろしている。

たとえ今倒されなくても、ダンジョンがクリアされればここのモンスターはみんな消滅してしまうわけだが……まあ、そういう問題ではないのだろう。

「アルヴィン。ちょっと来て」

と、そこで、扉の前に立つメリナに呼ばれた。

歩いてそちらへ向かう。

「どうした？」

「これ……扉じゃないわ」

「は？」

「壁よ」

険しい表情のメリナに言われ、俺は扉をまじまじと観察する。

確かに……取っ手のようなものはない。押しても、当然ビクともしない。

扉に見えていたのは、ただの壁の模様だった。

「なになに？」

「どうしたんですか？」

「きゅーん」

テトにココル、ついでに黄色のカーバンクルも寄ってくる。

「ここは……行き止まりのようなんだ。何かヒントを見落としていたか、それとも……」

説明していた、その時。

壁の模様が、急に黄色の光を放った。

「えっ!?」

「な、なんだ!?」

よく見ると、壁の一部に彫られていた四つの菱形の模様のうち、一つが黄色く光っている。

そしてそれに呼応するように、カーバンクルの額の宝石も微かに輝いていた。

それを確認し……俺たちは察する。

「これ……」

「も、もしかして……」

俺は、思わず顔をしかめて言う。

「あのカーバンクル四匹を、ここまで連れて来る必要があるのか？」

まったく……なんて面倒くさいダンジョンだ。

＊＊

俺たちは十五層の入り口にまで戻ると、一度出て、また扉を開けて入る。

案の定、四体のカーバンクルは元気にそこにいた。

やはり出るとリセットされるタイプのギミックらしい。

で問題は、どうやってプチアントの群れの中、カーバンクルたちを守りながら進むかだが……。

「わたしにいいアイデアがあります！」

四体のカーバンクルに囲まれたココルが、勢いよく言う。

「アイデア？」

「わたしがカーくんたちにバフをかけるんです。それから、戦闘中は随時治癒（ヒール）をかけていきます。これなら、四匹とも守り切れるんじゃないでしょうか？」

それを聞いて、俺たちはそれぞれ言う。

「モンスターにバフか。面白そうだな」

「召喚士みたいなやり方ね。でも試して見る価値はありそう」

「いいね。ひょっとしたら、カーバンクルがプチアントを倒してくれるかも」

「じゃ、決まりですね！　絶対にみんなで、無事に上までたどり着きましょう！」

＊＊

そして数分後。

「きゅーん……」

「きゅーん……」

「きゅーん……」

「きゅーん……」

「カーく――――んっ!?」

四体のカーバンクルは、あっけなく全滅した。

下まで撤退した俺たちは、崩れ落ちたココルを囲んで冷静に話し合う。

「バフも治癒(ヒール)も、ほとんど意味なかったな」

「元のステータスが低すぎるみたいね。数回の攻撃で死ぬんじゃや、ココルの治癒(ヒール)も間に合わないわ」

「うう、ごめんなさいカーくん……わたしの力がおよばなかったばっかりに……」

「……ボク、さすがにココルが哀れに思えてきたよ」

さめざめと泣くココルを、テトがかわいそうな人間を見る目で見下ろしている。

「もう、帰ろっか?」

「……いや、待ってくれ」

俺は静かに言う。

一つ、考えが浮かんでいた。

「たぶん、この方法でいけると思う」

＊＊

「前衛が足りないんだ」

座り込んだ三人と、それから四体のカーバンクルの前で、俺は説明する。

「プチアントは弱いが、あまりにも数が多すぎる。俺とテトの二人では、どうしても手が足りない。前衛を一人増やして、くさび形の陣形を作る。これで一気に駆け上れば、後衛とカーバンクルを守りながら上まで行けると思う」

「……前衛を増やすって、無理じゃない？」

メリナが、なんとも言えない表情で言う。

「私は詠唱の短い魔法もいくつか覚えてるけど、さすがに前衛の代わりは無理よ？　結局手が足りなくなって抜かれるわ」

「わかってる。むしろメリナには後衛の場所で、積極的に魔法を使ってほしい」

「……どういうこと？」

「おそらくだが、カーバンクルも他のモンスターと同じように、ヘイトを稼いだ相手に近づいてくる気がするんだ」

　最初ココルにひっついていたカーバンクルたちが、次第に前線まで上がってきてしまうのはたぶんそれが理由だ。ヘイトを稼いだ俺やテトに、どうしても寄ってきてしまう。

「四体で前線に出てこられたら、とても守り切れない。だからメリナには、どんどん魔法を使って積極的にヘイトを稼いでほしい」

「そういうことね。わかったわ。ヘイトを気にせず思いっきり攻撃できるのは、気持ちよさそうね」

　メリナが笑って了承する。

「でも、ということは……」

「ああ……前衛は、ココルに頼みたい」

「えっ、わたしですか？」

　驚いたような顔をするココルに、俺はうなずく。

「これは消去法じゃなく、ココルにこそ任せたいんだ。神官は魔導士に比べてＳＴＲ（筋力）が高くなりやすいし、打撃武器としても杖よりはメイスの方が強い。それに……ココルはきっと、当て勘がいいから」

「当て勘……ですか？」

「ああ。落日洞穴で初めて会った時、君はイエローゴブリンと戦っていただろ？　その時、回復職の割りに上手いなと思ったんだ。普通は慣れていないと、なかなかモンスターに武器を当てられない。だけどたまに、初心者でも上手いやつがいるんだ。武器を当てる勘所が、妙にいい人間が」

俺は続ける。

「ココルもきっとそうなんじゃないかと、俺は思ってる。君は、きっと前衛でも強いタイプの冒険者だ」

「へぇー……自分ではよくわかりませんけど、そうなんですか」

ココルが一瞬で笑顔になって言う。

「わかりました！　レベル【80】のおかげで、ステータスも高いですしね。わたしもカーくんのため、一肌脱ぎましょう！」

「………だ、大丈夫か？」

何のためらいもなくうなずいたココルに、俺は逆に心配になる。

「自分で言っておいてなんだが……普段前衛をやっていないと、モンスターの群れを相手にするのはきっと怖いだろうと思う。だから、無理そうならあきらめるが……」

「大丈夫です」

ココルは、やはり笑顔で言う。

「だって、アルヴィンさんがこれでいけるって思ったんですよね？　じゃあ、きっと大丈夫ですよ！」

＊＊

結論から言うと……作戦は大成功だった。

「このっ、このっ、前のカーくんの仇（かたき）――――っ!!」

左翼を任せたココルは大活躍で、ぶんぶんとメイスを振っては何体ものプチアントを叩き潰していた。もう十分以上の働きだった。

カーバンクルがヘイトを稼いだ相手にすり寄るという予想も当たっていて、雷や炎を飛ばしまくるメリナに常にひっついていた。

即席の陣形であっても、皆さすがの実力者だ。特に速度が落ちることもなく、俺たちは無事、カーバンクルたちを守りながら上までたどり着くことができた。

カーバンクルたちが壁の前で揃うと、菱形の模様が四色に輝き、壁が消え去った。奥には十六層へ続く階段が見えたので、これで十五層はクリアしたことになる。

「うう、カーくん……」

名残惜しそうなココルを引っ張って、俺たちは階段へと足をかけた。

＊＊

「いやぁ、でも、さすがですねアルヴィンさん！　わたしに前衛の才能があったなんて、自分でも気づきませんでした！　わたしたちのこと、よく見ててくれてるんですね！」

「カーバンクルの特性も、よく気づいたわね。私はそこまで気が回らなかったわ。あの作戦は、アルヴィンだからこそ思いつけたんじゃないかしら」

「前衛の仕事も上手いよねー、アルヴィン。あの陣形の一番前なんてかなり負担が重いだろうに、きっちりこなしてボクらの仕事も楽にしてくれるしさー」

「いや、その……なんだ、三人とも、急に……」

十五層への階段を上る最中。俺を囲んで口々に喋る三人に、俺は戸惑いながら問いかける。

「なんか、様子おかしくないか……？」

「おかしくなんかないですよ。ね、メリナさん」

「ええ。素直な気持ちを伝えているだけよ。そうでしょ？　テト」

「そうそう。ね、アルヴィンどう？　うれしい？」

「それは……」

一瞬口ごもった後、俺は少し笑って、素直な言葉を吐く。

「もちろん、嬉しいに決まってる。君らほどの冒険者に認められたんだ、リーダーをやってきてよかったよ。だが……これで満足してしまわないように、これからも頑張らないとな」

「……」

三人は一瞬沈黙したあと、少し後ろに下がってひそひそ話を始めた。

「なんか、効いてないみたいです……」

「そ、そうね……もっと照れるかと思ったのだけれど」

「これじゃ全然やり返せてないじゃん！」

「いや、だから、なんなんだ三人とも？」

＊＊

そして――――ついに俺たちは、最上階の十六層へとたどり着いた。

「……」

四人で、その巨大な扉を眺める。

大きさでわかる。これは十六層の扉ではない。ボス部屋の扉だ。仕掛蟻塚の十六層は、このボス部屋のみが存在しているに違いなかった。

階層の扉ではないためか、レリーフは存在しない。

だが扉全体に、似た意匠が彫られている。

水中、消える床、移動床、氷床、各種トラップに、弱小モンスターの護衛。それ以外にも、転移床、動く岩、パズルに暗闇など……これまで存在したあらゆるギミックの意匠が、扉に描かれている。

予感があった。これはただの飾りじゃない。

とても信じがたいが……これらすべてのギミックが、この奥に存在するのだ。

そして扉の中央には、金槌や鋸などの工具を六本足に持った、巨大な蟻の姿が彫られている。

おそらくこれが、仕掛蟻塚のボスなのだ。

俺は、無言のまま佇(たたず)む仲間たちを振り返る。

皆に訊いておくべきことがあった。

「一応、ここまで来たが……俺たちは、ここから帰ることもできる」

その時、ココルが力強くうなずいた。

「――――帰りましょう！」

メリナも、同意するように言う。

「ええ、そうね――――私たちはここで帰るべきよ」

真顔のテトも言う。

「ボクも帰りたい」

俺は、小さく安堵した。

皆も、自分と同じ気持ちだったのだ。

「よし……帰るか！」

今、全員の気持ちは一つだった。

こんな面倒くさそうなボス戦なんて――やってられるか。

そうと決まるやいなや、三人はわいわいと騒ぎ出す。

「まったくひどいダンジョンだったねー」

「噂は本当でしたね。見事に挑戦する気力、挫かれちゃいました……」

「こんなの、誰だってやる気なくすわよ。ギミック一つですら面倒くらいなのに」

「そうだな」

俺も三人に同意する。

だが、その一方で――実は、けっこう楽しかったとも思っていた。

四人で一緒に、騒ぎながら攻略できたからだろうか。互いに文句をこぼしている時間も、実はそれほど嫌いじゃなかった。

すでに次の冒険が楽しみなくらいだ。

ただ、さすがに次は――もう少し、普通のダンジョンがいいが。

あとがき

本を出すのはこれで五冊目なんですが、実はあとがきというものを初めて書きます。こんにちは、小鈴危一と申します。


みなさんはあとがきって好きですか？

私の場合、以前まではけっこう好きでした。

作品の製作秘話だったり、作者の近況だったり、あるいはぶっとんだギャグだったり……。内容は千差万別ですが、作家の個性が出ていて、これがなかなか楽しい。もし自分が本を出したらどんなあとがきを書こうとか、作家志望時代はよく妄想していたものです。

ただ……今は嫌いになりました。

理由は簡単。書けないからです。

普段からつまらない人生を送っている弊害でしょうか。ちょっとびっくりするくらい書くことがありません。職場と家との往復ばかりでネタになる近況もなし。かと言って大した製作秘話もなし。

自分のギャグセンスにも自信がありません。そうなると、必然的に書けることなんてなくなってしまいます。

　担当様からは一五〇〇字のあとがきを求められているのですが、ここまで書いて五〇〇字未満。どうしましょうねこれ。そもそも一五〇〇字とは四〇〇字詰め原稿用紙およそ四枚分。小学校の作文で四苦八苦した経験を思えば、絶望的な量と言っても過言ではありません。

　小学校の作文で思い出しましたが、あのどうでもいい文章を無理矢理ひねり出して書く訓練は、後の人生でとても役に立っている気がします。大学のレポート、仕事の報告書、そしてこのあとがき。社会に出ても使える技術が身につきました。

　まだ目標字数の半分にすら届きません。しかし……希望はあります。あとがきには謝辞が付きものです。あれでたぶん七〇〇字くらいは埋まるんじゃないかな？　そういうわけで以降、謝辞です。

　まずはイラストレーターのしらび様。本当に素晴らしいイラストを描いてくださいました。カバーの完成版をメールで受け取ったのが平日昼間だったのですが、サムネイルを見た時点で『今これを開いてしまうと仕事にならなくなる！』と直感し、職場で震えながらスマホを仕舞ったことを覚えています。帰宅後にあらためて見てビビり散らかしました。この場を借りて深く御礼申し上げます。

　それから担当のS様。この作品をよりよいものにするべく力を尽くしてくださいました。なんといっても提案力がすごい！　メールも早い！　ここまで仕事ができると思える人はこれまで出会ったことがなく、『外資系とかにいそうな人だ……』とひそかに衝撃を受けていました。Ｗｅｂ連載時に書籍化打診をたくさんもらいましたが、Ｓ様のオファーを受けて本当によかったと思います。
それから、Ｗｅｂ版を読んで応援してくださった読者のみなさま。アルファポリスでも小説家になろうでも、嬉しい感想をいくつもいただき、本当にありがとうございました。みなさまの応援のおかげで、この作品はこうして本になりました。
その他、ここには書き切れないたくさんの方々。小説とは作家の人生から生まれるもの。私にまつわる様々な因果の果てに、この本が出版される運びとなりました。感謝の念を捧げます。

また現在、コミカライズ企画が進行中です。
アプリ『マンガＵＰ！』と、少し遅れて『ガンガンＯＮＬＩＮＥ』でも連載予定ですので、配信が開始されましたらぜひそちらもご覧になってください。

なお、原作２巻の予定もありますので、そちらもぜひよろしくお願いします。

さて、謝辞と告知も終わり、目標字数まであとわずかとなりました。目論見通りです。書くことがなくても書き切る、それがプロというもの。無邪気にあとがきを楽しんでいたあの頃と比べると、私もだいぶ成長しました。
みごと一五〇〇字ぴったりに収め、S様に原稿を渡すとしましょう。
それではみなさ

ありがとうございました!!
shirabii

SQEXノベル

マイナススキル持ち四人が集まったら、なんかシナジー発揮して最強パーティーができた件

著者
小鈴危一

イラストレーター
しらび

2021年6月7日　初版発行

発行人
松浦克義

発行所
株式会社スクウェア・エニックス
〒160－8430
東京都新宿区新宿6－27－30　新宿イーストサイドスクエア
（お問い合わせ）スクウェア・エニックス　サポートセンター
https://sqex.to/PUB

印刷所
中央精版印刷株式会社

担当編集
齋藤芙嵯乃

装幀
百足屋ユウコ+石田隆（ムシカゴグラフィクス）

ISBN978-4-7575-7251-5　C0093　Printed in Japan